KB109784

# 여린 아이

# 여린 아이

발행일 2022년 05월 27일

지은이 김재환
펴낸이 손형국
펴낸곳 (주)북랩
편집인 선일영 편집 정두철, 배진용, 김현아, 박준, 장하영
디자인 이현수, 김민하, 안유경, 김영주, 최성경 제작 박기성, 황동현, 구성우, 권태련
마케팅 김회란, 박진관
출판등록 2004. 12. 1(제2012-000051호)
주소 서울특별시 금천구 가산디지털 1로 168, 우림라이온스밸리 B동 B113~114호, C동 B101호
홈페이지 www.book.co.kr
전화번호 (02)2026-5777 팩스 (02)2026-5747

ISBN 979-11-6836-311-3 03810 (종이책) 979-11-6836-312-0 05810 (전자책)

상처 입은 자아의 회복

# 여린 아이

김재환 지음

북랩

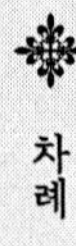

# 차례

## 상처의 시간

## 정화의 수순

## 의식의 향연

## 사랑의 심연

❖

모래바람에도 살갗이 찢길 만큼 작고 여린 내가 싫어
태풍에도 흔들리지 않는 바위라 믿으며 나를 꽁꽁 묶어 둔 채
'괜찮다, 그게 성숙이다' 나를 속이고 또 외면하며
스스로 목을 졸라 검붉은 핏줄이 팽창하고
새하얀 눈에 실핏줄이 터져갈 때쯤
빛 깃든 옷자락에 스친 내 여린 혼은 앓고 또 앓아
출산하는 산모처럼 뼛속까지 저린 상처를 모두 쏟아낸 후
약하고 부족한 나의 실제를 받아들이고
사랑의 참된 광활함을 마주하고서야
비로소 고독에도 풍요를, 풍파에도 고요를.

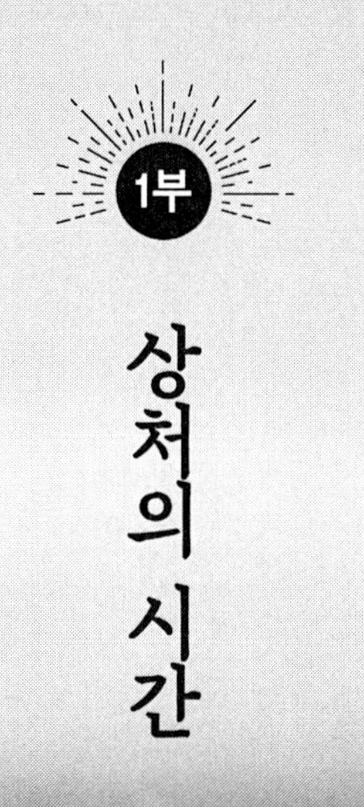

# 1부

# 상처의 시간

# 대야

내가 태어났을 땐 이미 정해진 것들이 있었다. 그중 하나가 누나였다. 나보다 여섯 살 많은 누나는 내가 기어 다니지도 못할 때 뛰어다닐 수 있는 존재였다. 나는 그런 누나를 선망하면서도 시기했다. 그래서 따라다니면서 괴롭혔다. 내가 나를 기억할 수 없는 어린 시절부터 나는 누나에게 열등감을 느꼈다.

"친구 집에서 놀고 올게요."

누나가 엄마에게 허락을 구하고 대문 밖을 나선 순간, 나도 곧장 누나 뒤를 따라나섰다. 누나와 누나 친구들과 함께 어울릴 수 있는 행복한 상상에 젖은 나는, 정신없이 신발을 구겨 신고 문밖을 뛰쳐나갔다.

그렇게 누나와 나의 추격전은 시작되었다.

이사를 자주 다녀 안정된 또래 관계가 필요했던 누나는 어떻게든 나를 떼어놓아야 했다. 광기 어린 동생이 나타나 주목받으려고

온갖 짓을 다 한다는 것은, 누나에게는 분명 참혹한 일이었기 때문이다. 안타깝게도 누나의 입장을 헤아릴 수 없었던 나는, 열렬히 누나 뒤만 따랐다.

우리는 서로를 의식하고 있었지만, 눈을 마주치진 않았다. 적당한 거리를 둔 채 차분히 걸을 뿐이었다. 그러다 모퉁이를 돌아선 순간, 갑자기 누나가 전력을 다해서 달렸다. 나도 미친 듯이 달렸지만 짧은 내 다리로는 누나를 따라잡을 수가 없었다. 결국 어딘지도 모르는 곳에서 누나를 잃어버렸다.

아무도 없는 곳에서 막연한 상실감을 느꼈던 나는, 엉엉 소리 내어 울었다. 그런데도 누나와 어울리는 일은 포기할 수가 없어, 옷소매로 대충 콧물을 쓱 닦아낸 다음, 누나가 들어갔을 것 같은 어떤 집의 대문을 붙잡고 "누나… 누나…" 하며 중얼댔다. 그런데도 반응이 없자 조금 더 큰 목소리로 "누나! 누나!" 하며 외쳤다. 그리고 대문 틈 사이로 집안 마당을 바라보며 누나가 걸어 나오는 상상을 했다. 하지만 누나는 끝내 나오지 않았다.

결국 패배감과 소외감을 감당하지 못해 눈물을 뚝뚝 흘리면서 발걸음을 집으로 돌렸다. 그렇게 저벅저벅 걸어가고 있는데 이건 또 무슨 일인지 멀쩡하던 배가 아프기 시작했다. 처음에는 미미한 통증이었는데 점점 걷잡을 수 없이 아팠다. 온몸에 전율이 흐르고 다리가 배배 꼬였다. 아무리 항문을 바짝 조여도 곧 똥이 쏟아질 것 같았다. 길에서 똥을 싼다는 것이 얼마나 부끄러운 일인지 알았던 나는, 어떻게든 참아 보려 했지만, 생리적인 현상을 의지로 이겨낼 수는 없는 것이었다. 결국 나는 길 한복판에서 왕창 똥을 싸버렸다.

뜨거운 똥이 한쪽 다리를 따라서 흘러내린 순간, 나는 나의 수치가 세상에 드러난 것이 두려워 온몸이 굳어졌다. 그런데 아프던 배가 개운해지는 쾌감도 느껴져 혼란스러웠다.

어쨌든 나는 똥 싼 나를 사람들에게 들키지 않아야 했다. 그런데 이놈의 울음소리가 그치질 않아 사람들에게 똥 싼 나를 쳐다보라고 외치는 꼴이 되어버렸다. 그런 나를 사람들은 자연스레 주목했다. 다섯 살 아이가 똥 싼 바지를 부여잡고 울면서 걷고 있으니 그럴 만도 했다. 그때 나는, 모든 사람이 나를 보며 웃고 있는 상황이 두려워 땅속으로 파묻혀버리고 싶었다.

그러자 떠오른 사람은 오직 엄마뿐이었다. 누나와 누나 친구들은 생각조차 나지 않았다. 머릿속에는 오직 엄마 품에 안겨 위로받는 장면뿐이었다.

'엄마는 나를 다독여주겠지.' 그런 희망만으로 험한 길을 걸었다.

드디어 집 앞에 다다랐을 때, 그야말로 억눌린 설움이 단번에 솟구쳐 올라 목이 터질 듯 통곡했다. '나 힘들었다고, 나 좀 알아달라고' 외치는 처절한 호소였다.

곧 대문을 열고 집안으로 들어서는 나를 보며 엄마와 이모는 눈이 휘둥그레졌다. 나는 그 표정만으로 위로를 느꼈다. 당장 나를 살핀 엄마는 내가 똥을 싸서 울고 있다는 것을 알게 되어 환히 웃었다. 그리고 "괜찮다. 그만 울어라. 뚝!" 하며 나를 달랬다. 신기하게도 엄마의 웃음은 내 마음을 고요하게 했다.

잠시 후, 엄마는 눅눅해진 내 옷을 벗겼고, 더러워진 나를 대야 안으로 들어 앉혔다. 그리고 맑은 물로 온몸을 깨끗이 씻겨주었다.

"이제 됐다."

나를 다 씻긴 엄마는 포근한 수건으로 나를 감쌌고, 바싹하게 마른 새 옷을 입혀주었다.

그제야 미소를 되찾은 나는, 선선한 바람이 불어오는 마루에 누워 평온히 잠이 들었다.

# 연희

연희는 어릴 적 나의 단짝 친구다. 성격이 수더분했던 연희는 무엇을 하든 나와 잘 어울렸다. 나의 하루는 연희네 집으로 가서 "연희야 놀자."를 외치는 것으로 시작되었다. 그럼 연희가 집 밖으로 나왔다. 내가 연희의 이름을 부르면 연희가 집 밖으로 나온다는 것이 내게는 행복이었다. 가끔 연희가 우리 집으로 와서 "재환아~ 놀자!"를 외치는 것은 더한 행복이었다. 우리는 서로의 이름을 부르는 것만으로도 행복을 느낄 수 있는 그런 사이였다.

그날도 우리는 여느 때와 같이 소소히 길에서 놀고 있었다. 그런데 어떤 낯선 형들이 다가오더니 "같이 놀자."라고 했다. 연희와 나는 어떻게 해야 할지 몰라서 주춤댔다. 그러자 한 형이 말했다. "재미있는 놀이를 알려 줄 테니까 따라와 봐." 결국 우리는 호기심이 들어 형들의 발길을 따랐다. 곧 도착한 곳은 음산한 기운을 내뿜는 허름한 아파트였다. 눅눅한 냄새가 나는 낡은 아파트에는 빛도,

사람도 없었다. 형들은 뭐가 그렇게 좋은지 계속 웃기만 했다. 순간 뭔가 잘못된 것을 직감했지만 도망칠 수는 없었다. 긴장감에 사로잡혀 의식이 굳어버렸기 때문이다. 우리는 그저 형들이 하라는 대로 움직일 수밖에 없었다.

곧 형들은 한 명만 들어가도 비좁은 화장실에 연희와 나를 집어넣었다. 더러운 화장실은 가만히 서 있는 것만으로도 괴로운 곳이었다. 연희와 나는 굳은 표정으로 서로를 마주 보며 서 있었고, 형들은 설레는 표정을 짓고 있었다. 아무래도 이 놀이는 형들만 재미있는 놀이 같았다.

형들은 화장실 문 앞에 병풍처럼 서서 이렇게 지시했다.

"야, 서로 안아봐."

우리는 어설프게 서로를 안았다. 형들은 깔깔대며 다시 지시했다.

"볼에 뽀뽀해."

지시에 따라 나는 연희의 볼에 입을 대었다.

"입술에도 뽀뽀해."

잠시 망설였지만 결국 나와 연희는 입술에 입을 대었다. 형들은 터져 나오는 웃음을 주체하지 못했다.

이제 그만했으면 좋겠다고 생각했던 그때, 다시 한 형이 말했다.

"바지 벗어."

도무지 바지는 벗지 못하고 있던 그때, 형들은 무서운 목소리로 우리를 다그쳤다.

"바지 벗으라고!"

결국 우리는 허리춤에 손을 올려 서서히 바지를 내렸다. 그러자 한 형이 잔혹한 혓바늘로 벌거벗은 우리를 향해 이 말을 내뱉었다.

"거기 만져봐."

나는 어려도 그곳에 손을 대면 안 된다는 것을 본능적으로 알았다. 하지만 형들의 겁박이 두려워 손을 앞으로 내밀었다. 그런데 그 순간, 알 수 없는 설렘을 느꼈다. 그것은 의지와 상관없이 일어나는 불쾌한 흥분이었다.

어쩌면 이 놀이가 형들에게만 재미있는 놀이가 아니라 나도 함께 즐거운 놀이일지 모른다는 생각이 들어, 두려움과 설렘을 동시에 느끼고 있던 그때, 어디선가 버럭 하는 소리가 들려왔다.

"너희들 거기서 뭐 해!"

아파트에 사는 한 아주머니의 외침이었다. 그 순간 이미 형들은 연기처럼 사라졌다. 곧 아주머니는 어둡고 더러운 화장실에서 우리를 꺼내주었다. 연희와 나는 주섬주섬 바지를 올려 입고 아주머니를 따라 그곳을 빠져나왔다.

집으로 돌아가는 길, 연희와 나는 익숙한 거리를 낯설게 걸었다.

치욕스러웠던 그날의 사건은 부모님께 알리지 않았다. 나쁜 짓이 일어나는 상황에서 설렘을 느낀 내가 죄를 지은 것만 같았기 때문이다. 또 낯선 형들을 따라가서 궂은일을 당했다는 것이 나의 잘못 같았기 때문이다. 잘못을 고백할 용기도 없었던 나는, 아무런 일도 없었던 것처럼 생각하고 행동했다. 그러기 위해선 마음속에 자리한 두려움과 수치심은 저기 깊은 곳으로 묻어버려야 했다.

그렇게 나만 입을 다물면 모든 것이 여전할 줄 알았다. 아무런 내색을 하지 않으면 아무것도 달라지는 것이 없을 줄 알았다. 하지만 내 생각과 달리 달라진 것이 하나 있었다. 더 이상 연희와 내가 서로의 집 앞에서 이름을 부르지 않게 된 것이다.

그날 이후, 우리는 우연히 길에서 마주쳐도 서로에게 눈길을 주지 않았다. 어쩌면 우린 감당하기 버거운 사건을 지워내기 위해 서로의 존재를 외면하려 했는지 모른다.

# 잔상

공부를 못했던 내가 그래도 남들보다 잘할 수 있는 것이 하나 있었다. 그것은 바로 '운동'이었다.

반에서 키가 가장 작았던 내가 높이뛰기 대회를 나가서 일등을 할 때면 반 아이들은 내게 열광했고, 나는 관중석에서 터져 나오는 환호성의 쾌감을 일찍이 맛보았다. 그 희열이 좋았던 나는 어딜 가나 다리를 찢고 높은 곳에 오르며 재주를 부렸다. 운동은 나의 존재감을 사람들에게 각인시킬 수 있는 최고의 무기였다.

내가 열 살이 되었을 때, 나의 재능을 눈여겨본 담임선생님이 엄마에게 제안했다.

"재환이 운동시켜야 합니다."

하지만 엄마는 선생님의 제안을 거절했다. 힘든 운동을 시키고 싶지 않았기 때문이다. 그런데도 선생님은 집으로 찾아와서 엄마를 설득했다. 결국 엄마는 선생님의 제안을 승낙했고, 나는 입단 테스트 후에 지역을 대표하는 체조선수가 되었다.

처음 체조장으로 훈련받으러 갔던 날, 나는 한참 동안 입을 다물지 못했다. 내가 세상에서 운동을 가장 잘한다고 생각했는데 그곳에는 그야말로 하늘을 날아다니는 형들이 있었기 때문이다. 형들은 갑옷을 입은 전사처럼 온몸이 근육질이었고, 팔에는 나무줄기 같은 힘줄이 불끈불끈 솟아 있었다. 황소처럼 강인해 보였던 형들은 단번에 나의 우상이 되었다.

나는 그런 형들과 친해지고 싶었다. 형들과 친해지면 나도 우월한 존재가 될 것만 같았기 때문이다. 그래서 형들에게 나를 각인시키고 싶었지만, 운동이라는 무기를 사용할 수가 없었다. 그래서 새롭게 사용하게 된 무기가 바로 '애교'였다. 작고 어린 내가 형들 눈에 들 수 있는 방법은 애교뿐이라고 본능이 말해주었기 때문이다. 나는 형들 앞에서 귀여운 표정을 짓고 혀 짧은 소리를 내며 재롱을 부렸다. 다행히 나의 전략은 잘 통하였다. 형들은 휴식 시간이 되면 나를 불러내 재롱을 부리게 했다. 나는 우스운 표정을 짓고 귀여운 척을 했다. 형들은 나의 재롱을 좋아했지만 '또 다른 거, 또 다른 거!'라고 하며 계속해서 새로운 것을 요청했다. 결국 같은 레퍼토리에 지루함을 느낀 형 중 한 명이 내게 말했다.

"야, 니 머리가 엄청 크네! 완전 대두네 대두! 이제 우리가 '대두'라고 부르면 니는 고개를 숙였다가 들어 올리면서 바보 같은 표정을 짓고, 손가락 두 개를 펼치면서 '대가리 두 개'라고 해라. 이제 니 별명은 대두다. 대두!"

그렇게 내 별명은 대두가 되었고 형들은 나를 볼 때마다 "대두, 대두!"라고 했다. 그럼 나는 최대한 바보 같은 표정을 짓고 손가락 두 개를 펼치면서 "대가리 두 개"를 외쳤다. 누군가에게 잘 보이기 위해서 스스로 처량해져야 하는 것은 참으로 비참한 일이었다.

그러던 어느 날, 한 형이 내 어깨를 감싸며 말했다.

"야, 대두. 재미있는 거 보여줄 테니까 따라온나."

형이 나를 데려간 곳은 체조장 뒤에 있는 담벼락이었다. 그곳에는 형들 중에서도 가장 힘이 센 동우 형과 도서관에서 끌려온 그 형이 있었다. 동우 형은 담배를 피우며 바닥에 침을 뱉었고, 그 형은 긴장된 표정으로 몸을 웅크리고 있었다. 곧 동우 형은 그 형의 멱살을 붙잡고 도살장에 끌려가는 개처럼 끌고 다녔다. 그 형은 두려움에 가득 찬 표정을 짓고 있었다. 창백한 그 형의 표정을 본 순간, 나는 온몸이 돌덩이처럼 굳어 버렸다. 지금까지 느껴보지 못한 공포를 느꼈기 때문이다.

곧 동우 형은 그 형의 가슴을 주먹으로 퍽퍽 치며 말했다.

"있는 돈 다 꺼내라."

가만히 맞고 있던 그 형은 조심스레 입을 열었다.

"돈 없어."

그 말이 나오자 동우 형은 붉어진 얼굴로 거칠게 숨을 내쉬며 욕설을 퍼부었다. 그리고 그 형을 담벼락으로 몰고 가서 주먹으로 얼굴을 때리고 발로 배를 찼다. 그럴 때면 뼈가 부딪치는 둔탁한 소리가 났다. 코피가 터진 그 형은 흘러내리는 피를 손으로 움켜쥐었지만 손가락 사이로 피가 흘러내렸다. 동우 형은 그 형의 다리를 걷어차 바닥에 고꾸라지게 했고 넘어진 형을 마구 짓밟았다. 그 형은 손을 빌며 그만 때리라고 소리쳤다. 모든 사람이 초라해지는 순간이었다.

그날 이후 내게는 잔상이 생겼다. 두려움에 가득 찬 그 형의 표정, 분노에 가득 찬 동우 형의 표정, 둔탁한 소리가 났던 구타 현장, 손을 빌던 형의 모습, 코피, 비명, 사색이 된 표정. 그것은 열 살인 내가 감당하기에 버거운 것들이었다.

잔상은 매일같이 나를 따라다니며 이렇게 말했다. '너도 형들에게 밉보이면 맞을 수 있어, 맞는 고통은 비명이 터져 나오고 손을 빌게 되는 고통이야, 너도 맞으면 처량해질 수 있어, 모욕적이고 수치스러운 일이야, 그러니까 너도 강해져야 해, 약해지면 맞는 거야.' 잔상은 나를 불안하게 했다. 그리고 맞지 않으려면 강해져야만 한다는 강박을 갖게 했다.

그 후로 나는 형들처럼 되기 위해서 운동을 열심히 했다. 형들처럼 되면 누구에게도 맞지 않을 것으로 생각했기 때문이다. 그러나 나의 믿음은 머지않아 깨져버렸다. 형들이 코치에게 맞는 모습을 보았기 때문이다.

코치는 철봉에 매달려 있는 형들의 뒤통수를 발로 밟았고, 주먹으로 머리를 쥐어박았다. 또 욕설을 퍼붓고 형들의 몸을 들어서 내동댕이쳤다. 누구보다 강인해 보였던 형들은 코치 앞에선 아무런 말도 하지 못한 채 두들겨 맞기만 했다.

그런데 형들은 맞는 모습도 멋있었다. 누구도 비명을 내지 않고, 손을 빌지도 않았다. 묵묵히 맞기만 했다. 아마도 아픈 내색을 하면 더 맞아야 했기 때문인 것 같았다. 나는, 맞는 모습도 멋있는 형들처럼 되고 싶었다. 하지만 코치에게 맞고 싶지는 않았다.

'맞지 않으려면 잘해야 해.'

그래서 남들보다 더 빨리, 남들보다 더 높이 오르려고 했다. 그것은 위험한 일이었다. 능력에 맞지 않는 일을 급하게 이루려 했기 때문이다. 그날의 사건도 그런 이유로 일어났다.

높은 뜀틀을 뛰어넘기 위해서 도움닫기를 준비했다. 25m쯤 되는 거리를 전력으로 달려간 후 구름판을 세차게 구르고, 높이 뛰어올라 손을 짚고, 다리를 벌린 채 뛰어넘으면 되는 것이었다. 그날은 평소보다 높은 뜀틀을 넘어야 했기 때문에 더 빨리 달려야 했다. 그래서 눈을 부릅뜨고 악에 받쳐서 미친 듯이 달렸다. 그런데 내가 달려온 속도를 감당하지 못해 구름판을 밟지도 못하고 가슴을 그대로 뜀틀에 펑 하고 부딪쳐 버렸다. 마치 폭탄이 터진 것 같은 소리가 체조장 전체에 울려 퍼졌고, 그 소리에 놀란 코치는 다급히 내게 달려왔다. 나는 이미 바닥에 쓰러진 채로 눈을 껌뻑이며 목을 조이고 있었다. 숨이 쉬어지지 않아서 숨을 삼키려 애를 쓴 것이었다. 코치는 위에서 아래로 나를 내려다보며 뭐라 뭐라 말을 했지만, 소리가 들리지 않았다. 정신이 혼미해진 나는 서서히 눈을 감으려 했다. 그때 코치는 나를 들어 앉혀 양팔을 뒤로 당긴 채 숨을 쉬라며 소리쳤다.

"들이쉬고, 내쉬고, 들이쉬고, 내쉬고."

조금씩 밝아오는 코치의 목소리를 따라 숨을 마시고 뱉었다. 그러자 점차 호흡이 회복되었다.

그날 이후, 의식은 살아 있는데 숨이 쉬어지지 않는 그 순간이 또 하나의 잔상이 되어 나를 두렵게 했다. 그래서 나는 괜히 숨을 오랫동안 참으면서 죽음의 순간을 느껴보려는 버릇이 생겼다. 그것은 두려움을 떨쳐내고 싶은 마음에서 비롯한 죽음에 대한 접촉이었다.

죽을 뻔했던 그날의 일은 엄마에게 알리지 않았다. 엄마의 마음을 아프게 하고 싶지 않았기 때문이다. 그저 묵묵히 운동만 했던 나는 점점 야위어 갔다. 힘든데 먹지는 못하고, 어려운 기술을 익혀야 하는데 죽음은 두렵고, 두려운 내색을 하자니 코치와 형들은 무섭고. 언제부턴가 운동은 좋아서 하는 것이 아니라 두려움에 쫓겨서 해야만 하는 일이 되어버렸다. 그것은 영양이 없는 구속이었다. 머물러서는 살 수가 없고 벗어나야 자랄 수 있는 황폐였기 때문이다. 하지만 스스로 이곳을 벗어날 수 있는 힘이 없었던 나는,

누군가의 도움이 필요했다. 그런 내게 다가와 준 사람은 엄마였다.

언제부턴가 내 얼굴이 어둡게 그늘지는 것을 이상하게 여겼던 엄마는, 나 몰래 체조장으로 와서 운동하는 내 모습을 지켜보았다. 그리고 엄마는 더 이상 내가 운동을 하지 못하게 했다. 담임선생님은 엄마에게 재차 나의 복귀를 권유했지만, 엄마는 단호히 거절했다.

그렇게 엄마의 도움으로 나는 그곳을 벗어날 수 있게 되었지만, 누구에게도 말하지 못했던 죽음에 대한 공포와 폭력에 대한 두려움은 여전히 내 안에 자리하고 있었다.

# 손

우리 동네 언덕 위에는 큰 교회가 하나 있었다. 교회 옆쪽에는 해가 들지 않는 공터가 있었는데 그곳에는 숨을 곳이 많아서 친구들과 함께 숨바꼭질 놀이를 하기가 좋았다.

"하나, 둘, 셋…"

술래가 수를 세면 나머지 친구들은 재빨리 몸을 숨겼다. 그러나 몇 번의 놀이를 반복하다 보니 숨을 곳이 마땅치 않아 우왕좌왕하게 되었다. 숨어봐야 금세 들켜버리는 놀이가 싫증 났던 나는, 새로운 재미를 찾고 싶었다. 그때 눈앞에 보인 것은 교회 외곽을 둘러싸고 있는 담벼락이었다.

'저기 매달리면 술래가 찾을 수 없겠지? 친구들이 나를 보면 경악하겠지? 정말 재미있을 거야.'

내가 본 담벼락은 안쪽으로는 낮은 곳이었지만 바깥쪽으로는 10m쯤 되는 낭떠러지가 있는 곳이었다. 강렬한 재미를 느끼고 싶었던 나는 뭔가에 홀린 듯 담 밖으로 몸을 축 늘어뜨린 채 두 손으로 벽 끝을 잡고 매달려 있었다. 손을 놓으면 바닥으로 떨어져 죽을 수도 있는 상황이었다.

"이제 찾는다."

술래의 목소리가 들려왔을 때, 나는 만세를 부르는 자세로 히죽히죽 웃고 있었다. '못 찾겠지? 절대로 못 찾을 거야.' 새어 나오는 웃음을 감출 수 없었다.

그러다 얼마쯤 시간이 지났을까. 아무런 소리가 들리지 않는 차분한 정적이 이상했던 나는, 다시 담을 넘어 제자리로 돌아가려고 했다. 그래서 몸을 위로 끌어올리려는데 이게 웬일인지 팔에 힘이 들어가지 않는 것이었다. 그제야 나는 사태의 심각성을 느꼈다.

'손을 놓으면 죽을 수도 있다.'

죽음의 공포를 느꼈던 나는 살려달라고 소리쳐야 했다. 그러나 소리를 지를 수가 없었다. 소리를 지르면 몸에 힘이 들어가서 손이 풀려버릴 것만 같았기 때문이다. 곧 죽을 수도 있는 상황에서 나는 아무것도 할 수 있는 것이 없었다. 그저 속으로 '살려주세요.' 하며 기도할 수밖에 없었다.

이마에서 땀방울이 줄줄 흘러내리고, 겨우 버티고 있던 손끝에 힘이 풀리려던 그때, 하늘에서 두 개의 큰 손이 내려와 내 손목을 턱하고 잡더니, 단번에 나를 하늘 위로 번쩍 들어 올렸다. 나는 완전히 나의 전부가 의지가 된 상태로 하늘 위로 솟구쳐 올랐다. 그리고 다시 땅을 밟게 되었다.

내가 담벼락에 매달려 있는 것을 보았던 내 친구가 교회 안에 있는 어른을 모시고 온 것이었다. 죽음의 문턱을 마주했던 그 순간, 하늘에서 내려온 두 개의 큰 손은 나를 죽음의 위험에서 건져 내었다.

*

어려서부터 남의 경악을 즐겼던 나는 '어떻게 하면 남을 놀라게 할 수 있을까?' 하는 생각을 자주 했다. 담벼락 끝에 매달려 있다가 떨어져 죽을 뻔했던 그날 이후로도 마찬가지였다. 그런 나를 친구들은 좋아했다. 친구들에게 인기가 좋았던 나는 줄곧 반장이 되었다. 열두 살이었던 그때도 반장이었는데, 내가 반장이 된 것을 친구들은 좋아했고 선생님은 싫어했다.

"니가 반장이 되었으면 남들보다 더 공부를 잘해야 하고, 더 착해야 하고, 더 성실해야 한다."

선생님은 내가 모범적인 반장이 되길 바라셨지만 나는 그렇지 못했다.

그날도 미술 수업이 끝난 후에 '이 찰흙으로 무슨 놀이를 할 수 있을까?' 하는 생각을 했다. 그러다 떠오른 놀이가 '찰흙 던지기'였다. 찰흙을 벽에 던지면 둥글었던 찰흙이 찰싹 소리를 내면서 납작하게 퍼지는 쾌감이 좋았기 때문이다. 그래서 교실 여기저기에 찰흙을 던져댔다. 물론 친구들은 나를 따라 했다. 그렇게 우리는 수류탄을 든 군인처럼 찰흙을 들고 교실 밖으로 뛰쳐나가 벽이고 천정이고 구분할 것 없이 마구잡이로 찰흙을 던져댔다. 계단을 오르고 내리며 다른 층까지 점령했다. 학교는 온통 찰흙으로 범벅이 되었다. 곧 수업 종이 울렸고, 우리는 하던 짓을 멈추고 교실로 돌아갔다. 복도에는 여전히 우리의 영역 표시가 뚜렷했다. 그걸 본 선생님들은 경악을 금치 못했다. 그때 나는 책상에 앉아서 히죽히죽 웃고 있었다. 선생님들의 반응이 즐거웠기 때문이다. 그러나 곧 일어날 일에 대해서는 조금도 예상하지 못했다.

"반장 앞으로 나와."

교실로 들어온 선생님은 당장 나를 앞으로 불러 세웠다. 내가 선생님 앞에 다가서자 선생님은 옷소매를 걷어붙이고 손목시계를 풀었다. 그리고 왼손으로 내 오른쪽 볼을 꽉 쥐어 잡았다. 순간 볼이 찢어질 것만 같아서 깜짝 놀랐다. 곧 선생님은 내 볼을 위아래로 크게 흔들며 이렇게 말했다.

"어금니 꽉 깨물어."

나는 눈을 질끈 감고 어금니를 꽉 깨물었다. 선생님은 오른손을 하늘 높이 들어 올렸다. 순간 빛이 가려져 눈앞이 캄캄했다. 어둠 속으로 잠긴 나는 온몸을 바르르 떨었다. 짧은 순간이었지만 강렬하게 엄습해 오는 공포를 느꼈기 때문이다. 곧 맞게 될 것을 알고 기다린다는 것은 몸이 저절로 떨리는 두려움이었다.

곧 단번에 후려친 선생님의 큰 손은 내 뺨을 그대로 강타했다. 쾅 하는 소리와 함께 짧은 섬광이 번쩍인 순간, 나는 이미 바닥에 고꾸라져 있었다. 선생님은 다시 나를 일으켜 세웠고, 반복적으로 뺨을 후려쳤다.

"니가! 반장이면! 모범을! 보여야지! 장난을 쳐?"

몇 번이나 쓰러지는 나를 보며 친구들은 차갑게 얼어버렸고, 나는 체조 형들처럼 아무런 소리를 내지 않고 맞았다. 흥분한 선생님은 붉게 물든 얼굴로 숨을 거칠게 내쉬면서 계속해서 나를 때렸다. 교실에 있는 모두가 초라해진 순간이었다.

하늘에서 내려온 또 다른 손은, 다른 사람을 경악하게 하는 것으로 재미를 느끼려 했던 나를, 차가운 바닥으로 내려쳤다.

# 가난

가난은 '없어서 할 수가 없는 것'이었다. 먹고 싶어도 먹을 수가 없고, 사고 싶어도 살 수가 없으며, 하고 싶어도 할 수가 없는 것이었다.

늘 가난했던 우리 가족은 세평 단칸방에 얹혀살았다. 주인댁과 함께 사는 작은 집에 세를 들어 살았는데 옆방에는 주인집 아들인 승혁이 형이 살고 있었다. 승혁이 형은 늘 누나와 나를 괴롭혔다. 모욕적인 말로 우리를 조롱하고 물건을 던졌다. 그러나 형보다 힘이 약했던 나는 저항을 할 수가 없었다. 괴롭히면 괴롭히는 대로 당할 뿐이었다. 형은 자기 무릎에 나를 앉혀 놓고는 몸을 꼬집고 간질이며 괴롭혔다. 그렇게 매일 당하기만 했던 나를 보며 속상했던 누나는 "무릎 위에 세게 앉아버려라."라고 했다. 나는 누나의 생각이 좋다고 생각해서 그렇게 하기로 마음을 먹었다.

다음 날, 승혁이 형은 자기 방으로 나를 불러놓고는 무릎 위에 앉으라며 손짓했다. 나는 이때다 싶어 하늘 위로 '붕' 하고 뛰어올라 형 무릎 위에 그대로 앉아 버렸다. 승혁이 형은 크게 비명을 지르며 고통을 호소했다. 나는 배시시 웃으며 방으로 돌아갔다.

그날 이후 승혁이 형은 다리에 깁스하게 되었다. 그런 형을 보면서 나는 기쁨과 죄책감을 동시에 느꼈다. 형을 꼼짝하지 못하게 만들었다는 기쁨과 형을 다치게 했다는 죄책감이 동시에 일어났기 때문이다. 그런 혼란은 형보다 나를 더 괴롭게 했다.

그래도 가족이 함께 있으니 좋았다. 하지만 가난은 곧 가족도 이별하게 했다. 사춘기가 된 누나와 더 이상 한방에서 살 수가 없게 된 것이다. 그래서 누나는 가까이 있는 외갓집에서 잠을 잤다. 가난이 주는 가장 큰 아픔은 가족이 함께 살 수 없는 것이었다.

다행히 시간이 지나 우리 가족은 방이 두 개 있는 집으로 이사를 했다. 하지만 이 집은 낮이고 밤이고 빛이 들지 않아서 갑갑했다. 출입문도 유리로 되어 있는 부실한 문이었기 때문에 잠을 잘 때면 철로 된 셔터를 내려야 했다. 그럴 때면 빛이 없는 감옥에 갇혀 있는 것만 같았다.

그래도 나는 가난이 서러운 일인지 몰랐다. 부유함을 몰랐기 때문이다. 그래서 늘 학교에서 가정조사를 할 때면 경제 수준을 보통에 체크했다. 그랬던 내가 가난이 서러워진 것은 아파트에 사는 친구 집을 다녀온 그날 이후였다.

친구 집은 그야말로 궁전 같았다. 이런 집이 있을 수도 있다는 것이 놀라워 입이 쩍 벌어졌다. 집 안에 거실이 있고, 주방이 있고, 화장실이 있는 것이 놀라웠다. 침대와 소파는 또 얼마나 크고 푹신한지, 그곳에 누워 있으면 구름 위에 떠 있는 것만 같았다. 저녁에 친구 어머님이 푸짐한 밥상을 차려 주셨는데, 그날 내가 맛본 것은 달콤한 부유였다.

그날 이후로 내가 생각하는 우리 집 경제 수준은 나쁨이 되었다. 그래서 엄마에게 이사를 하자고 졸라댔다. 왜 우리만 이런 집에서 살아야 하는지 이해를 못 했기 때문이다. 이사를 간절히 바랐던 나는 이사 가는 꿈을 자주 꾸었다. 각자의 방이 있는 아파트에서 우리 네 식구가 함께 맛있는 음식을 먹으면서 정겨운 수다를 떠는 그런 꿈이었다.

그러나 현실은 꿈같지 않았다. 친구가 볶음밥을 먹고 있으면 그 옆에서 구경만 하고 있다가 허락을 구하고 남긴 채소를 얻어먹었고, 친구들이 목욕탕에 갈 때면 문 앞에 앉아서 친구들을 기다려야 했다. 옷은 일 년에 한두 번 살까 말까 했고, 가끔은 배가 고파서 쓰러지기도 했다. 학교에 갈 때는 저렴한 가격으로 어렵게 구한 치수가 한참 큰 교복과 신발을 신고 다니면서 조회 시간에 친구들의 비웃음 소리를 들어야 했다. 가난은 잘못이 없어도 부끄러워져야 하는 그런 것이었다.

*

사람들의 시선이 한참 예민했던 내 나이 열일곱 때, 엄마가 내게 한 가지 부탁을 했다.

"절에 가서 장학금 좀 받아 올 수 있겠나?"

도심에 있는 한 절에서 부처님 오신 날을 맞이하여 불우이웃에게 자선을 베푸는 행사를 연 것이었다. 우리 집은 동사무소의 소개로 불우이웃으로 선정되어 나는 장학금을 받을 수 있게 되었다. 나는 엄마에게 알겠다고 했다.

당일이 되어 엄마가 알려준 절로 갔다. 행사의 규모는 생각했던 것보다 훨씬 컸다. 수많은 사람이 모여 시끌벅적하게 잔치를 벌였다. 사람들은 모두 즐거워 보였지만 나만은 낯빛이 어두웠다.

"어떻게 오셨어요?"

"장학금 받으러 왔어요."

"이쪽으로 오세요."

안내받고 들어간 곳은 법당이었다. 법당에는 큰 바위 같은 부처님이 앉아 있었고, 그 앞에는 신자들이 빼곡히 앉아 있었다. 나는 신자들 사이에 나란히 앉게 되었다. 곧 행사가 시작되어 스님이 인사를 했고, 신자들은 불경을 외웠다. 나는 무슨 말인지도 모르는 불경을 가만히 듣고 있었다. 그때부터 죄책감이 들었다. 가톨릭 신자인 내가 불교 전례에 참여한 것이 돈 때문에 하느님을 배신한 것만 같은 일처럼 느껴졌기 때문이다. 그래서 화가 났다. 낯선 사람이 되어 있는 상황과 하느님을 배신한 것만 같은 상황이 모두 두려웠기 때문이다.

곧 진행자가 말했다.

"다음 순서는 우리 지역의 가난한 이웃을 위해서 장학금을 전달하는 시간입니다."

진행자는 나를 앞으로 불러 세웠고, 스님이 내게 장학금을 건네주었다. 그러자 신자들은 큰 박수를 쳐주었다. 그때 나는 '가난이 박수받을 일인가.' 하는 생각이 들었다.

행사를 마치고 집으로 돌아가는 길, 신자들은 내게 맛있는 음식을 먹고 가라며 친절을 베풀었지만 나는 날카로운 눈을 뜬 채로 그곳을 빠져나왔다.

나에게 있어 불우이웃이 된다는 것은 친절도 불쾌해지는 그런 것이었다.

# 배신

어른이 때리면 맞을 수밖에 없는 일곱 명의 아이들이 있었다. 한동네에서 자란 나와 내 친구들이다. 우리는 비슷한 아픔이 있었다. 그것은 대체로 가정에서 겪었던 폭력과 상실에 관한 아픔이었다.

가정에서 열등했던 우리는 함께 있을 때 우월감을 느꼈다. 또래 아이들보다 운동을 곧잘 했기 때문이다. 나는 그런 내 친구들이 있어서 폭력이 두렵지 않았다.

우리는 소속과 응집을 중요하게 생각했다. 서로가 함께할 때면 기쁨과 안정을 느낄 수 있었기 때문이다. 그래서 우리는 서로를 잃어버리지 않도록 안전장치를 달아두었다. 그것은 '배신을 해서는 안 된다.' 하는 것이었다. 그 말은 곧 '언제나 너는 내 편이어야 한다.'라는 것과 같았다. 그렇게 우리는 서로서로 안정을 지켜줄 것이라고 굳게 믿었다. 그런 믿음의 중심에는 언제나 영재가 있었다. 영재는 우리 중에서도 가장 힘이 세고 싸움을 잘했다. 나는 영재와 사이가 틀어졌을 때, 무릎을 꿇었을 만큼 영재와의 소속을 중요하게 생각했다. 그랬던 내가 영재와 갈라지기 시작한 것은 컴퓨터 게임을 접하게 된 순간부터였다. 영재는 게임을 좋아했지만 나는 그렇게 좋아하지 않았다. 영재만큼 잘하지 못하는 이유도 있었고, 게임보다는 몸으로 뛰어노는 것이 좋았기 때문이었다. 내게 있어 PC 게임이라는 것은 언젠가 느닷없이 나타나 내 친구들을 송두리째 앗아간 환각이었다.

"운동장에 가서 축구하자."

그날은 내가 영재에게 운동을 하자고 제안한 날이었다. 그러나 영재는 단박에 나의 제안을 거절했다. 게임을 계속하겠다는 이유였다. 어떻게든 영재를 데려가고 싶었던 나는 영재의 마음을 계속 자극했다.

"싸움이 일어나면 어떡할래?"

그러자 영재는 모니터에 시선을 그대로 둔 채로 말했다.

"그럼 전화해라."

더 이상의 설득은 무의미하다는 생각이 들어서 고개를 돌려 다른 친구들과 함께 운동장을 향해 걸어갔다. 슬리퍼만 신고 운동장을 향해 걸어가는데, 문득 이런 생각이 들었다. '그런데 진짜 싸움이 일어나면 어떡하지? 영재도 없는데? 슬리퍼를 신고 있는데?' 왜인지 모르게 자꾸만 그런 생각이 들었다.

곧 운동장에 도착했을 때, 불길한 예감은 현실로 다가왔다. 스탠드에 스무 명쯤 되는 무리가 있었는데 그들은 술에 취해서 옷을 벗고 욕을 하며 소리를 질렀다. 또 담배를 피우며 침을 뱉었다. 그런데 가만히 보니 어디서 많이 본 아이들이었다. 나보다 한 살 어린 동생들이었다. 그 사실을 알게 된 순간부터 마음이 복잡했다. 고등학생인 내가 중학생인 동생들을 두려워하자니 자존심이 상하고, 그렇다고 대적하자니 두려웠기 때문이다. 그래서 나는 그 애들을 못 본 체하며 축구만 했다. 그런데 자꾸만 알 수 없는 수치심이 느껴졌다. 그들이 웃으면 괜히 슬리퍼를 신고 축구하고 있는 나를 비웃는 것처럼 느껴졌다. 그럴 때면 자존심과 두려움이 섞여 수치심이 느껴졌고, 그 수치심은 곧 분노가 되었다. 그러나 나는 화를 내지 못했다. 애꿎은 축구공만 세게 걷어찰 뿐이었다.

내 안에 두려움을 나만 알고 있는 지금, 그만 집으로 돌아갔으면 하는 마음이 들었다. 하지만 집에 가자는 말을 못 했다. 두려움을 친구들에게 들켜버릴 것만 같았기 때문이다. 그런 찰나에 정모가 말했다. "야, 집에 가자." 이때다 싶었던 나는 태연하게 "그래 가자." 하고 대답했다. 그리고 이렇게 생각했다. '두려워서 도망치는 것이 아니라 집으로 가야 하니까 가는 것이다.'

교문 밖을 나선 순간, 조금의 안도감이 들었다. 그런데 그때 뒤에서 이런 목소리가 들렸다.

“아, 도저히 안 되겠다.”

나보다 더 자존심이 강했던 민준이의 목소리였다.

그 소리를 듣고 내가 뒤를 돌아봤을 때 민준이는 운동장을 향해 걸어가고 있었다.

‘아… 따라가야 하나, 말아야 하나.’

따라가자니 폭력이 두렵고, 두고 가자니 의리를 지켜야 하고… 짧은 순간이었지만 심정이 복잡했다. 그러다 결국 나는 민준이의 뒤를 따랐다. 아무래도 한 살 어린 동생들이 두려워서 친구를 두고 도망친다는 것은 스스로 용납할 수가 없는 일이었기 때문이다.

무너진 자존심과 의리를 지켜내기 위해선 용기가 필요했다. 그래서 나는 괜히 어깨에 힘을 주고 껄렁대며 길을 걸었다.

‘그래, 이것들 안 되겠어. 형들 앞에서 담배를 피우고 말이야. 따끔하게 혼내줘야지. 그런데 싸움이 일어나면 어떡하지? 슬리퍼를 신고 있는데? 괜찮겠지? 괜찮을 거야. 우리가 형인 걸 알면 죄송하다고 할 거야.’

잠시 후, 민준이가 동생들 앞에 다가섰을 때, 그들은 스탠드 위에서 매서운 눈빛으로 민준이를 흘겨보았다. 그러자 민준이는 눈빛이 마음에 안 든다는 둥, 태도가 불량하다는 둥, 이런저런 지적질을 해댔다. 그 모습을 지켜보던 나는 다음 장면을 상상했다. ‘죄송합니다. 조심하겠습니다.’ 동생들이 그런 반응을 할 줄 알았다. 그러나 그들의 반응은 생각과 전혀 달랐다.

스탠드 위에 있던 한 아이가 저벅저벅 내려오더니 민준이 앞에 다가서는 것이었다. 그리고 이렇게 말했다. "니가 뭔데 이래라저래라하는데?" 그 말을 듣고 민준이는 "뭐? 니가? 니가라고 했나 지금?" 하며 기세를 굽히지 않았다. 모두의 이목이 둘에게 집중되어 있던 그때, 갑자기 민준이가 그 아이의 멱살을 팍 움켜쥐었다. 그러자 스탠드에 있던 동생들이 우르르 밑으로 내려왔다.

순간, 민준이는 무리에서 멀어졌다. 그러자 스탠드에서 내려온 아이들은 갑자기 내 주변을 감싸더니 이렇게 말했다.

"야, 너희 누군데? 어? 니 누군데?"

흥분을 북돋우며 사방에서 조여 오는 그들에게 나는 차분한 목소리로 답했다.

"그러니까, 내 얘기를 한번 들어봐."

다정한 말투와 이성적인 논리로 흥분된 열기를 가라앉혀 보려 했던 그때, 어디선가 주먹이 날아와 내 오른쪽 눈알을 그대로 강타했다. 마치 돌덩이가 날아와서 부딪친 것만 같은 기분이었다. 나는 그 주먹 한 방에 바로 뒤로 넘어졌다. 그러자 다들 광분하며 나를 마구 짓밟았다. 목과 허리가 젖히고 입에서 묵직한 신음이 났다. 이대로 맞다가는 큰일이 날 것만 같았다. 그래서 바닥에 손을 짚고 몸을 일으켜 세우려 했다. 그러자 여기저기에서 더욱 거센 주먹들이 날아와 내 뒤통수를 갈겨댔고, 묵직한 발들이 온몸을 후려찼다. 그런데도 나는 무릎 위에 손을 얹어 다리를 펴냈다. 이제는 구부러진 등만 바로 세우면 되었던 그때, 바닥에서 솟구쳐 오른 무릎이 내 코를 쳐올렸다. 그래서 나는 다시 뒤로 넘어졌다. 그 순간, 살아야 한다는 생각이 본능적으로 들었고, 나는 한 아이의 멱살을 붙잡고 뒤로 누워 버렸다. 나 대신 맞아줄 누군가가 필요했기 때문이다. 나는 그 아이를 이불처럼 덮고 목덜미를 감싸 움켜쥔 손을 절대 놓치지 않았다. 그러자 거센 구타의 폭풍은 조금씩 가라앉았다.

동시에 연기처럼 피어오른 모래바람도 서서히 가라앉아 초라한 나의 몰골이 세상에 드러났다. 너저분하게 찢어진 옷을 입고 바닥에 주저앉아 있던 내 몸에는 긁힌 자국들이 선명했고, 헝클어진 머리를 한 채 넋이 나가 있던 내 얼굴은 만신창이였다.

그곳에서 이토록 처참해진 사람은 오직 나뿐이었다. 운동장에 덩그러니 내팽개쳐져 있던 나는 발가벗겨진 채로 부모에게 버림받은 아이처럼 공허한 상실의 늪에 빠져 있었다.

아무래도 이런 수모를 계속 감당할 수는 없을 것 같았다. 그래서 곁에 있는 친구에게 화를 내며 다그쳤다.

"영재에게 전화해라!"

영재가 오면 모든 것이 달라지리라 생각했기 때문이다. 영재가 오면 분명히 그들의 위세는 꺾일 것이고, 내가 영재의 친구였다는 것을 알게 되면 앞으로는 나를 건들지 못할 것이라고 믿었기 때문이다.

나는 그 믿음을 굳게 지키며 이 비참한 구렁텅이에서 나를 건져 줄 구원자를 기다렸다. 그렇게 한참 교문 쪽만 바라보고 있던 그때, 드디어 영재가 상기된 표정을 지으며 나타났다. 저 멀리서 당구 큐를 잡고 걸어오던 영재는 그야말로 나의 영웅이었다.

곧장 스탠드로 다가선 영재는 "니가 내 친구 때렸나? 어? 어?"라고 하며 한 명 한 명에게 삿대질했다. 그러자 그들은 썰물처럼 운동장을 빠져나갔다. 영재만으로 모든 상황은 단번에 정리되었다. 그러나 내 마음은 여전히 허탈하고 복잡했다. 나를 도와준 영재가 고마우면서도 원망스러운 마음이 들었기 때문이다.

'그러니까 처음부터 함께 했었어야지. 내가 진작 같이 가자고 했었잖아.' 아픔 후에 밀려오는 원망은 열등감에서 비롯된 것이었다.

곧 원망의 화살은 영재를 지나 다른 친구들에게도 향했다.

'친구가 맞고 있는데 어떻게 보고만 있지? 이게 무슨 의리라는 거지?'

원망보다 내 마음을 더 괴롭게 한 것은 배신감이었다. 그러나 친구들에게 서운함은 내색하지 않았다. 친구를 원망한다는 것은 친구를 배신하는 것으로 생각했기 때문이다. 그래서 나는 감정을 억누른 채로 이렇게 다짐했다.

'무슨 일이 있어도 나는 친구를 배신하지 않겠다.'

*

삼 일 후, 우리는 청도로 여행을 떠났다. 늘 동네에서만 놀던 우리가 처음으로 함께한 여행이었다. 목적지에 도착한 우리는 머물기 좋은 곳에 텐트를 쳤다. 그곳에는 이미 두 무리가 진을 친 상태였다. 한 무리는 어른이었고, 한 무리는 또래처럼 보였다. 또래 같은 그들은 말과 행동이 거칠었다.

그때 예리하게 그들을 지켜보던 정모가 긴장된 목소리로 말했다. "야, 쳐다보지 마라."

다급하게 우리의 눈길을 통제했던 정모는 그들이 꽤 싸움을 잘하는 정모의 학교 선배라고 했다. 그 말을 듣고 우리는 눈길을 돌렸지만, 형들은 우리를 주시했다.

잠시 후, 물놀이를 즐기고 텐트로 돌아와 옷을 갈아입고 고기를 구워 먹었다. 그러는 동안 그 선배들은 아무렇지 않게 술을 마시고 있었다. 그때부터 예감이 좋지 않았다. 시비를 걸어올 것 같은 기분이 명확했기 때문이다. 그래도 다행인 것은 우리에겐 영재가 있는 것이었다.

금세 밤이 깊어 텐트 속에서 잠을 청했다. 고요한 텐트에 누워 있으니 저쪽에 있는 형들의 목소리가 바로 곁에 있는 것처럼 들렸다. 형들은 취한 목소리로 주정부렸고 물건을 집어 던지며 욕을 했다. 나는 그럴 때마다 등골이 오싹했다.

'자는 나를 때리면 어떡하지…'

긴장감에 사로잡힌 나는 눈을 감고 있었지만 잠자리에 들지 못했다. 새우처럼 몸을 웅크리고 있을 뿐이었다. 그러다 삼십 분 정도 어설픈 잠이 들었을 때, 누군가 다가오는 인기척에 정신이 번쩍 깼다. 곧 내 머리맡에 발걸음 소리가 멈춰 선 순간, 믿고 싶지 않은 목소리가 선명히 들려왔다.

"셋 셀 동안 전부 튀어나와!"

그 소리를 듣고도 나는 모르는 체하고 누워 있었다. '가만히 있으면 돌아가겠지?'라고 생각하며 숨을 죽이고 있었다. 그러나 그 형은 다시 소리쳤다.

"전부 튀어나와! 하나, 둘…" 그리고 셋이라고 말하려는 순간, 곁에 있던 정모가 텐트 문을 열고 밖으로 걸어 나갔다. 나는 그런 사실을 알고 있으면서도 모른 척했다.

곧 텐트 앞에 선 정모에게 그 형이 말했다.

"너희들 왜 기분 나쁘게 쳐다봐."

정모는 죄송하다는 말을 반복했다. 그래도 형은 흥분된 목소리로 정모를 다그치더니 결국 "퍽!" 하는 소리를 내며 정모의 얼굴을 때렸다. 정모는 "아!" 하고 소리 냈다. 그 순간 내 심장은 몸 밖으로 튀어나올 듯이 두근거렸다.

'정모를 도와야 해. 아니야, 그러면 또 맞을 거야. 가만히 누워있어. 나는 지금 자는 거야. 아무것도 몰랐던 거야.'

마음 안에서 두 가지의 의식이 대립하며 갈등했지만 결국 두려움이 컸던 나는 계속 모르는 체하고 누워있는 것을 선택했다. 그런데 그 순간, 또 다른 형이 텐트 문을 열면서 말했다.

"너희들은 왜 안 나와, 당장 뛰쳐나와!"

그 소리를 듣고 다른 친구들은 하나둘 텐트 밖으로 걸어 나갔다. 나도 괜히 잠에서 깬 척 눈을 비비며 친구들의 뒤를 따랐다. 그러면서 영재의 행동을 살폈다. 우리를 보호해 줄 사람은 영재뿐이라고 생각했기 때문이다. 그런데 영재가 고분고분하게 걸어 나가는 것을 보고 나는 다시 깊은 고민을 했다.

'따라갈 것인가, 도망칠 것인가. 이대로 붙잡히면 밤새도록 괴롭힘을 당할 것이다. 그렇다고 도망치면 배신자가 될 것이다. 어떻게 해야 할까.'

어수선한 틈을 타서 얼른 결정을 내려야 했다. 내 의지는 이런 상황이 닥치면 언제든 친구를 따른다고 했다. 하지만 긴박한 상황에서 극도의 두려움을 느낀 나는 이미 친구들을 버리고 도망치고 있었다. 그때는 정말이지 또 맞고 싶지 않았다.

몸을 구부정하게 구부린 나는 신발을 신지도 않은 채 미친 듯이 달렸다. 그리고 어두운 숲에 몸을 숨겨 이렇게 생각했다. '이제 어떡하지?' 그러다 문득 떠오른 생각은 어른들에게 도움을 요청하자는 것이었다. 어른을 모시고 와서 친구들을 구해내면 나는 배신자가 아니라 영웅이 될 것만 같았다. 그런 희망은 모든 것이 새로워질 수 있다는 기쁨을 느끼게 했다.

곧 어른이 있는 텐트 앞에 다가가서 말했다.

"도와주세요."

"…"

"아저씨, 도와주세요. 친구들이 맞고 있어요."

다급한 내 목소리에 텐트 문이 조금 열렸다. 하지만 슬며시 새어 나온 아저씨의 손은 허공을 휘이휘이 저으며 돌아가라는 신호를 보냈다. 나는 그 허망한 손사래에 담긴 뜻을 알아채고 발길을 돌렸다. 그런데 신기한 것은 오히려 마음이 차분해지는 것이었다. 그것은 실망에서 비롯한 허탈감이 두려움을 잠재운 이유였다.

길을 돌아선 내 눈앞에는 야외공연장이 하나 있었다. 공연장에는 무대와 관중석이 있었는데, 관중석 위로 올라서면 친구들이 보일 것 같았다. 그래서 그 위로 올라갔지만 보이는 것은 하늘뿐이었다. 아무것도 보이지 않던 그 어둠 속에도 밤하늘의 별들은 찬란히 눈부셨다. 그 영롱한 별빛들을 바라보면서 나는 속으로 이렇게 기도했다.

'도와주세요.'

하지만 아무것도 달라지는 것은 없었다. 다만 한 가지 달라진 것이 있다면, 내 마음이었다. 더 이상 도망칠 곳도, 도움을 받을 곳도 없다고 생각했던 나는 '맞지 않아야 한다는 의식'을 포기해버렸다. 그랬더니 마음이 덤덤해졌다. '그래, 맞아 버리자.' 두려움이 사라져

버린 나는 있던 자리로 돌아갔다.

그런데 그 자리가 고요했다. 친구들이 맞고 있을 줄 알았던 그 자리에는 아무도 없었다. 친구들이 붙잡혀 간 것은 아닐지 걱정이 되었던 나는 곧장 텐트로 다가섰다. 그리고 텐트 문을 조심스럽게 연 순간, 몸과 의식이 굳어버렸다.

친구들이 편하게 누워 있었기 때문이다. 의아한 마음이 들었던 나는 엉기적 텐트 안으로 들어섰다. 그때 민준이가 내게 말했다.

"니 어디 갔었는데?"

그 말을 듣고 나는, 처음부터 어른들에게 도움을 요청하러 갔었다는 핑계를 댔다. 그리고 되레 물었다.

"어떻게 된 일인데?"

내 질문에 민준이가 답하길, 형들에게 한 대씩 맞았지만, 정모가 학교 후배라는 것을 알게 되면서 형들이 잘해주더라는 것이었다. 허탈했다. '그럴 거면 나도 한 대 맞고 말았지.' 친구들을 두고 도망쳐버렸던 내 모습이 부끄러워 어디라도 숨고 싶었다. 그러나 숨을 곳이 없었던 나는 친구들 곁에 슬그머니 몸을 누였다. 조금 전만 해도 나만 살겠다며 도망쳐버린 내가, 이제는 잠을 자겠다며 친구들 곁에 누워 있으니, 마치 흉측한 벌레가 된 것만 같은 기분이었다.

그런 내게 영재와 정모는 아무런 말을 하지 않았다.

'차라리 욕이라도 해주지.'

무거운 침묵은 초라해진 나를 더욱 비참하게 했다.

# 노예

'최대의 공격이 최선의 방어'라는 정신을 가르친 사람이 있었다. 내가 다녔던 태권도 도장의 코치였다. 코치는 손에 깁스할 만큼 맨손으로 벽돌을 부쉈지만, 아픈 내색은 하지 않았다. 언제나 강인한 모습을 보였던 코치는 약한 것을 하찮게 여기는 사람 같았다.

내가 도장에 다닌 지 이틀째 되던 날, 코치는 목검으로 내 발바닥을 때렸다. 누나들을 따라서 오락실에 갔다는 이유였다. 나는 그것이 왜 맞아야 하는 이유인지 몰랐지만 때리니까 맞았다. 고등학생이 되어 겨루기 시합을 준비했을 땐, 운동 도구로 뺨을 맞기도 했다. 그럴 때면 귀가 막힌 상태에서 "삐" 하는 이명 소리만 들려서 귀가 멀어버린 줄 알고 두려움에 잠겼다. 하지만 내색은 하지 못했다. 놀란 내색을 하면 더 맞아야 했기 때문이다.

한 번은 콘서트를 보러 갔다는 이유로 어두운 창고에 갇혀 발로 차이고 목검으로 두들겨 맞아, 걷지도 의자에 앉지도 못할 만큼 엉덩이에 시퍼런 멍이 든 적이 있었다. 폭력적이었던 코치의 지도 방식은 가르침을 빙자한 분풀이로밖에 느껴지지 않았다. 그런데도 내가 도장을 계속 다녔던 이유는, 그래야만 성공하는 줄 알았기 때문이다. 사실 성공이 무엇인지도 몰랐지만 그래야만 삶을 살아갈 수 있는 것인 줄 알았다.

그런 내게 학교 태권도부 코치들은 입단 제의를 했다. 그러나 나는 제의를 거절했다. 원정 훈련하러 갔을 때, 운동부 친구들이 어떻게 훈련하는지 본 일이 있었기 때문이다. 그때 그 친구들은 코치에게 뺨을 맞아서 동공이 풀려있는 상태였다.

폭력이 두려웠던 나는, 어떻게든 새로운 길을 찾아 나서야만 했다. 그래서 선택한 길이 체육대학에 진학하는 것이었다.

*

학기 초, 신입생 환영회가 열렸다. 환영회는 단과 건물 강의실에서 열렸다. 나는 설레는 마음으로 환영회에 참석했지만, 그 설렘은 곧 공포감이 되었다.

교수님이 환영 인사를 전하고 강의실 밖으로 나가자 이내 암전이 되더니 여기저기에서 선배들이 괴성을 질러댔다.

“눈 감고 똑바로 앉아! 주먹 쥐고 무릎 위에 올려! 팔 뻗어! 각 잡아! 빨리빨리 안 해? 개념 없어?”

무슨 개념이 어떻게 없다는 것인지는 알 수가 없었지만 소리를 지르면서 다그치니까 겁박이 두려워서 하라는 대로 했다. 어쩌고 저쩌고 질문을 하면 무슨 말인지는 몰라도 크게 대답했다. 그럼 앵무새처럼 대답만 한다고 혼을 내고, 답을 안 하면 답을 안 한다고 혼을 냈다. 이러지도 저러지도 못하고 딱딱하게 굳어 있는 우리에게 선배들은 학과 생활의 규정을 알려주었다. 그 규정은 이러했다.

'명찰을 착용한다. 머리는 짧게 깎는다. 앞머리는 뒤로 묶는다. 긴 바지만 입는다. 외투는 지퍼 끝까지 올려 입는다. 가방은 백팩만 사용한다. 모든 선배에게 90도로 인사한다. 인사는 큰소리로 한다. 휴대폰은 사용하지 않는다. 선배 앞에서 통화할 수 없다. 말은 '까'와 '다'로 끝낸다. 정해진 동아리만 가입할 수 있고, 정해준 대로 수강 신청한다.' 그 밖에도 사소한 규정은 계속 불어났다.

나는 선배가 집에 가지 말라고 하면 집에 가지 못했고, 밤을 새우라고 하면 밤을 새웠다. 또 술을 다 받아 마시라고 하면 다 받아 마셨다. 술자리의 규정이 이러했기 때문이다.

'선배의 잔이 비어서는 안 된다. 술잔에 술이 부족하면 안 된다. 잔은 낮게 부딪친다. 양손으로 주고받는다. 주는 대로 다 마신다. 고개를 돌려 마신다. 모든 선배에게 자기를 소개한 다음 술을 다 받아 마신다. 선배가 집에 가지 않으면 먼저 집에 갈 수 없다.'

나는 꺽꺽 소리를 내며 위액을 토해내면서까지 술을 다 받아 마셨다. 그러다 보면 어느새 동이 트고 집합 시간이 되었다. 신입생은 새벽에 집합해야 했기 때문이다. 40명쯤 되는 신입생이 모두 모이면 얼차려를 받지 않았고, 한 명이라도 빠지면 모인 신입생만 얼차려를 받았다. 왜 이런 모임을 해야 하는지 누구도 물을 수는 없었다. 다만 우리는 '우리 때도 그랬었다.'라는 말만 들을 뿐이었다.

새벽에 모여 얼차려를 받고 나면 수업 시간이 되고, 수업이 끝나면 운동시간이 되고, 운동이 끝나면 다시 선배들과의 술자리가 이어졌다. 그렇게 학과 생활을 반복하던 중, 우리는 '대면식'을 준비했다. 대면식은 모든 선배에게 자기를 소개하는 행사였다. 우리는 선배를 웃기기 위해서 재롱을 부려야 했다. 웃기지 못하면 혼이 났기 때문에 우스꽝스러운 모습으로 변장하고 재롱을 부렸다. 두려움에 잠겨 재롱을 부려야 하는 것은 참으로 비참하고 수치스러운 일이었다.

대면식을 준비하는 동안에도 얼차려는 계속되었다. 앉고, 서고, 오리처럼 걷고, 뛰고, 바닥에 머리를 박고, 옆으로 구르고…. 선배들의 명령에 즉각적인 반응을 보이며 목이 쉴 때까지 고함을 질렀다. 그렇게 하지 않으면 얼차려가 끝나지 않았기 때문이다.

근로 장학생이었던 나는 연구실에서 청소하는 일을 했다. 연구실에는 다른 학과의 누나가 함께 있었다. 그런데 하루는 같은 과 선배가 나를 창고로 불러내더니 야구 방망이로 내 정강이를 툭툭 치면서 말했다.

"야, 개념 없어?"

나는 선배의 말이 무슨 말인지 몰랐지만, 다리가 부러질 것이 두려워 무조건 잘못했다고 대답했다. 그러자 형이 알려준 나의 잘못은, 자기 애인이 있는 연구실에서 신입생인 내가 당당하게 청소했었다는 것이었다.

이해할 수 없는 학과 생활에 지쳐 있던 그때 마침, 교수님에게 전해지는 학과 생활 만족도 조사를 하게 되었다. 나는 조사를 통해 강압적인 학과 생활과 부조리한 규정에 대한 문제점을 제기했다. 하지만 달라진 것은 없었다. 내가 학회장에게 불려가 주의를 받을 뿐, 아무것도 달라지지 않았다. 재학 중인 모든 학생이 모여 얼차려를 받는 '전학'도 마찬가지였다.

그날도 우리는 체육관에 모여 엎드려뻗쳐 있었다. 곧 조교가 학번이 높은 선배의 엉덩이를 몽둥이로 후려 팼다. 그럼 맞은 선배가 다음 학번의 선배를 때리고, 그 선배는 다시 다음 학번의 선배를 때렸다. 신입생인 우리는 마지막으로 맞을 차례를 기다리며 계속 엎드려 있었다. 체육관 전체에 "펑! 펑!" 하는 소리가 울려 퍼지는 것을 들으며 맞을 차례만 기다리고 있는 것은 정말 끔찍한 일이었다.

나는 이 미친 짓거리를 누군가가 멈춰주었으면 했다. 그때 마침 체육관 문이 "쾅!" 하고 열리더니 지도교수님이 등장했다. 순간 나는, 교수님이 "너희들 여기서 뭐 하는 거야!" 하며 우리를 구원해 줄 것으로 생각했다. 하지만 교수님은 하키스틱을 끌고 와서는 조교의 엉덩이를 때리고 나가버렸다.

*

선배 중에서도 소문난 악질이 있었다. 그 형의 이름은 창식이었다. 창식이 형은 선배들 사이에서도 도가 지나치다는 평을 받을 만큼 후배를 괴롭혔다. 그는 어떻게 하면 사람이 괴로운지를 잘 알고 있는 고문 기술자 같았다.

나는 창식이 형과 함께 스키장에서 강사로 활동했다. 몇 달간 숙소 생활을 해야 했던 나는, 마침 창식이 형과 같은 방을 사용하게 되었다.

형은 나에게 이곳에서 지켜야 할 규정을 알려주었다. 그 규정은 이런 것이었다.

'내가 먼저 알람을 듣고 일어난다. 형이 먼저 알람을 듣고 일어나면 안 된다. 방에 불은 켤 수 없다. 조용히 화장실로 가서 씻는다. 씻는 소리에 형이 깨면 안 된다. 옷을 갈아입고 형을 깨운다. 기분이 나쁘지 않게 속삭이며 깨운다. 몸에 손을 대면 안 된다. 형이 씻는 동안 이부자리를 정리한다. 옷 입는 것을 도와드린다. 형이 문밖으로 나가면 문을 잠그고 달려간다. 형보다 먼저 정류장에 도착한다. 버스가 형을 기다리도록 잡아둔다. 이동하는 동안 걸음이 빠르거나 느려서는 안 된다. 형과 동시에 밥을 먹기 시작해서 동시에 다 먹는다. 밥을 먹는 동안 말을 하거나 눈길을 돌릴 수 없다.

어디서든 졸 수 없다. 대답은 크게 한다. 웃거나 울상을 짓지 않는다. 점심은 먹을 수 없다. 모자에 빵을 숨겨두었다가 화장실에서 몰래 먹는다. 쉴 수 없다. 저녁 시간과 휴일에는 훈련만 한다. 밤이 되면 형과 함께 숙소로 이동한다. 버스에서 내리면 방으로 달려간다. 내가 문을 연다. 형이 들어오면 옷을 받아 옷걸이에 건다. 욕조에 물을 받는다. 온도가 형 마음에 들도록 한다. 형이 씻는 동안 방 청소를 하고 이부자리를 편다. 형이 다 씻으면 내가 씻는다. 오래 씻지 않도록 한다. 훈련 일지를 작성한다. 술자리를 준비한다. 술과 안주를 사 온다. 술은 주는 만큼 다 마신다. 형이 밖에서 술을 마시는 경우 돌아올 때까지 기다린다. 누워있거나 잠이 들어서는 안 된다. 형이 누우면 잠이 들 때까지 마사지한다. 형이 잠들면 조용히 곁에서 잔다. 코를 골아서는 안 된다.'

이 모든 것이 내가 지켜야 할 규정이었다. 나는 이 규정들을 지켜내지 못하면 맞아야 했다. 맞는 것이 두려웠던 나는 온정신을 규정에 두고 살았다. 그러나 형은 규정과 상관없이 기분이 나쁘면 때렸다. 웃으면 웃는다고 때리고, 웃지 않으면 웃지 않는다고 때렸다. 나는 온종일 사소한 말과 행동을 간섭받으며 구타당해야 했다.

한 번은 식당에서 밥을 먹는데 숟가락으로 머리를 맞은 적이 있었다. 밥을 먹으면서 시선을 돌렸다는 이유였다. 수많은 사람 앞에서 머리를 맞아야 했던 일은 창피한 일이었다. 가끔 형에게 발가락으로 성기를 꼬집혀야 하는 일만큼은 아니었지만.

스키장에서도 얼차려는 계속되었다. 한겨울 눈밭에서 구르라면 구르고, 달리라면 달리고, 머리를 박으라면 박고, 그대로 돌진하라면 그렇게 했다. 세탁실에서 몽둥이로 엉덩이를 두들겨 맞기도 하고, 아무도 없는 강당으로 끌려가 발로 가슴을 차여 쓰러지기도 했다.

그만큼 괴로운 것은 잠을 제대로 잘 수 없는 것이었다. 형이 새벽까지 술을 마시고 방으로 돌아왔을 때, 내가 졸고 있으면 발로 머리를 차였기 때문이다. 그래서 나는 졸다가도 복도에서 발걸음 소리만 들리면 눈을 번쩍 떴다. 그러면서도 가끔 엄마와 통화할 때면 나는 늘 잘 지낸다고만 했다. 아픈 아빠를 돌보고 있는 엄마의 마음을 아프게 하고 싶지 않았기 때문이다.

매일 아침 스키장으로 이동하는 버스 안에서 '오늘은 몇 번 맞을까?' 하는 생각을 했고, 일정을 마치고 숙소로 돌아오는 버스 안에서는 '오늘은 몇 시에 잠이 들 수 있을까?' 하는 생각을 했다. 맞을 것을 알고 이동해야 하는 버스 안에서 나는 창밖을 바라보며 숨을 쉬는 둥 마는 둥 했다. 그때의 나는, 지속적인 폭력에 시든, 영혼이 없는 육체일 뿐이었다.

이렇게 사느니 차라리 죽는 것이 나을 것만 같았다. 죽어버리면 더 이상 맞을 일이 없고, 나의 아픔은 세상에 알려지고, 형은 후회할 것 같았기 때문이다. 하지만 죽음이 두려웠던 나는 내재된 살인 욕구의 대상을 내가 아닌 형에게로 돌려버렸다.

그날은 형과 함께 다른 학교 선배와 술을 마신 날이었다. 선배는 나에게 종이컵 한가득 양주를 따라 주었다. 나는 그것을 한 번에 마시지 못했다. 그 이유로 나는 창식이 형에게 머리를 두들겨 맞았다. 극도의 비참함을 느꼈던 나는 치밀어 오르는 분노를 감당하지 못해 이성의 끈을 놓으려던 참이었다. 곧 방으로 돌아가기 위해서 형의 뒤를 따라 계단을 내려가고 있었다. 그때 나는 순간적으로 생각했다. '발로 차버릴까? 굴러떨어지면 돌로 머리를 찍어버릴까? 그럼 내일은 맞지 않겠지? 죽여 버릴까?' 그러나 내 발은 누군가가 붙잡고 있는 것처럼 바닥에서 떨어지지 않았다.

죽지도, 죽이지도 못했던 나는, 계속 맞으면서 살았다. 그러다 보니 발달하는 것이 하나 있었다. 바로 감정을 느끼지 않는 것이었다. 또 몸과 마음을 내 것이 아닌 상태로 분리할 수 있었다. 그것은 내가 나로 사는 것이 아니었다.

그렇게 몇 년 같은 몇 달이 지나고, 끝나지 않을 것만 같았던 노예 생활도 끝이 났다. 이제는 걷고 싶은 대로 걸을 수 있다는 것이 감사했지만, 처참하게 부서진 마음은 갈피를 잡지 못했다.

대구로 내려오는 열차 안에서 나는 아무런 미동도 없이 가만히 창밖만 보고 있었다. 그러다 문득 지난 시간이 억울해서 한 가지 다짐을 굳게 했다. 그것은 맞아야만 했던 노예 생활을 의식에서 지워버리는 것이었다. 그래서 나는 스스로 이렇게 최면을 걸었다.

'기차에서 내리는 순간 모든 기억을 지운다.'

# 아빠

아빠는 정이 많고 따뜻한 사람이었다. 그러나 술만 마시면 다른 사람처럼 변해버렸다. 아빠는 마치 두 사람 같았다.

평소 가슴이 붉게 물들어져 있을 만큼 술을 자주 마셨던 아빠가 술에 취해 밥상을 엎고 물건을 집어 던질 때면 깨진 그릇처럼 산산 조각 나는 것은 가족들의 마음이었다. 그렇게 거센 비난의 돌풍이 온 집안을 몰아치고 나면 부서진 파편을 쓸쓸히 쓸어 담는 사람은 늘 엄마였다.

세상을 비난했던 아빠는 폐쇄적인 공간 안에 엄마를 가둬두려 했다. 엄마가 외출할 때면 사소한 말과 행동을 꼬투리 잡아서 시비를 걸었다. 엄마가 성당에 다니는 것도 아빠에게는 시빗거리였다.

그런 아빠에게 화가 났던 엄마는 "그렇게 좋은 술 나도 한번 마셔보자." 하며, 아빠 앞에서 소주 한 병을 그대로 다 마셔버렸다. 평소 술을 마시지 못했던 엄마는 곧 기절하듯 쓰러졌다. 그때 나는 엄마 코에 손을 대서 숨을 쉬는지 확인했다.

그 후로도 엄마와 아빠는 자주 싸웠다. 정도가 심할 땐 아빠가 칼로 바닥을 찍는 날도 있었다. 다행히 엄마는 외갓집으로 피신을 하였지만, 그럴 때면 아빠는 내게 윙크했다. 나는 그 윙크가 괴롭고 혼란스러웠다.

외할머니의 장례를 치르던 날, 이모부와 함께 새로운 정장을 사입고 왔던 아빠는 근사했다. 그런 아빠를 보면서 나는 이제 좀 아빠가 아빠다운 모습을 보여줄 것이라고 기대했다. 하지만 나의 기대는 삼 일을 넘기지 못하고 무너져 버렸다. 장지로 이동하기 위해서 모든 친척이 영구차에 탑승해 있었지만, 술에 취한 아빠가 함께 갈 수 없다며 주정을 부리는 바람에 모든 사람이 기다려야만 했던 그때, 나는 아빠가 정말 부끄러웠다.

늘 그렇게 기대는 실망이 되고, 희망은 절망이 되었다. 아빠는 혈서까지 쓰면서 술을 끊겠다고 다짐했지만, 돌아서면 발견되는 것이 감춰진 술병과 술에 취해 쓰러져 있는 아빠의 모습이었다.

한 번은 엄마와 아빠가 다정하게 사진을 찍어온 일이 있었다. 나는 그 사진이 좋아서 벽에 붙여 두었다. 그러나 며칠 못가 사진이 떼진 자국은 내 마음처럼 너저분했다. 그런 일들이 반복되면서 나는 더 이상 아빠를 희망하지 않았다.

*

고등학생이었던 어느 날, 그날은 유독 엄마와 아빠가 격하게 싸운 날이었다. 아무리 싸워도 손찌검은 하지 않던 아빠였기 때문에 나는 아빠가 엄마를 때릴 거라고는 생각하지 않았다. 그런데 갑자기 아빠가 엄마의 멱살을 팍 움켜쥐고서는 때리는 시늉을 하는 것이었다. 그러자 엄마는 "때려봐라. 때려봐라." 하며 소리를 질렀다. 아빠는 그냥 손을 내려놓기에는 무안했던지 어설프게 엄마의 목덜미를 향해 손을 휘둘렀다. 그 순간 나는 정신이 나간 사람처럼 아빠의 양팔을 붙잡고 "왜! 왜!" 하며 괴성을 질렀다. 쌓인 울분이 모조리 솟구쳐 올라 목에서 쇳소리가 날 만큼 소리를 질러댔던 내 모습은 위태로웠다. 곧 나의 괴성은 모든 것을 잠잠하게 했다. 나는 아빠의 양팔을 내려놓고 방으로 돌아가 숨을 헐떡이다 잠이 들었다.

다음 날, 학교를 다녀온 나는 아무런 말도 없이 벽에 머리를 박고 있었다.

우리 집에는 둥글고 납작하게 생긴 철로 된 장식 패가 있었다. 하루는 술에 취한 아빠가 그 장식 패를 집어던져 내 정강이뼈를 다치게 한 일이 있었다. 그래서 나는 아빠에게 다가서서 "내 다쳤다." 하며 피 흐르는 다리를 보여주었다. 그럼 아빠가 미안해하며 상처 난 부위에 약을 발라줄 것이라고 생각했다. 하지만 아빠는 "괜찮다." 하며 상처 부위에 스카치테이프를 붙였다. 나는 하나도 괜찮지 않았다.

그날 밤 나는 내 방에 함께 계시는 하느님께 이렇게 기도했다. '사람의 마음을 이해할 수 있게 해주세요.'

*

그날은 아빠가 누군가에게 멱살을 붙잡혀 바닥으로 내팽개쳐진 날이었다. 무슨 사유로 그런 일이 일어났는지 알 수는 없었지만, 아빠의 목에 긁힌 선명한 상처 자국이 격정적인 사건의 현장을 재현해 주었다. 나는 화가 나서 그를 찾아내기 위해서 집 밖으로 뛰쳐나가려고 했다. 그러나 아빠는 내게 가만히 있으라고만 했다. 그 말은 그동안 아빠가 살아온 삶을 대변하는 말 같았다.

두들겨 맞아도 대항할 수가 없어 자기 자신을 해치고 살아온 삶, 그 삶이 아빠의 삶이었다. 그러니 아빠의 몸과 마음은 병이 들 수밖에 없었다.

언제부턴가 아빠의 눈은 노랗게 변했고, 발과 다리는 퉁퉁 부어올랐다. 정강이는 그을린 나무토막처럼 검게 썩어 들었고, 몸은 빼빼하게 말라 갔다. 간경화와 당뇨의 합병으로 자주 의식을 잃었던 아빠는 결국 병원에 입원하게 되었다.

나는 철도 없이 아빠의 입원을 좋아했다. 술에 취하지 않은 아빠와 함께 먹고, 자며 병간호를 도와드리는 것이 좋았다. 아빠가 짧은 시한부 선고를 받고 병자성사까지 받았다는 사실은 모른 채 그저 아빠와 함께 할 수 있는 것이 좋아 히죽댔다.

나중에야 시한부 선고의 사실을 알게 된 이유는, 아빠가 계속 살았기 때문이다. 기적처럼 집으로 돌아온 아빠는 기력이 없어 더 이상 난폭한 행동은 하지 못했다. 하지만 우리에게는 새로운 시련이 찾아왔다. 아빠가 나를 보며 다른 사람의 이름을 부르기 시작한 것이다.

알코올성 치매에 걸린 아빠는 더 이상 내가 알던 아빠가 아니었다. 이성은 사라지고 본성만 남은 아빠는 손으로 밥을 집어 먹고 대소변을 가리지 못했다. 그런 아빠를 엄마가 보살폈다. 먹이고, 치우고, 씻기고, 재웠다. 얼굴이 환하게 빛났던 엄마의 보살핌 속에서 아빠는 한 아이로 살았다. 가슴 아픈 기억을 모두 지워버리는 것으로 감당할 수 없던 상처를 모두 씻어낸 아빠는, 그제야 맑은 웃음을 지으며 평온한 시간에 머물렀다.

문제는 아빠가 치매에 걸린 당뇨병 환자라는 것이었다. 자기관리가 필요하지만, 기억이 없는 아빠는 자신을 스스로 돌보지 못했다. 음식을 조절해서 먹어야 하는데 본능만 남아 있으니 배가 고프면 무엇이든 먹으려 했다. 그래서 자주 쓰러지는 아빠를 보며 나는 애가 탔고, 그 마음은 곧 분노가 되었다.

한 번은 바닥에 앉아 밥솥의 밥을 손으로 퍼먹고 있는 아빠에게 화가 나 "먹지 말라고!" 하며 소리쳤다. 그러자 아빠는 내게 달려들어 멱살을 붙잡았다. 나는 순간, 아이가 돼버린 아빠에 대한 분노와 자신을 스스로 관리하지 못하는 아빠에 대한 원망, 그리고 아픈 아빠에 대한 걱정이 뒤섞여버린 감정을 주체하지 못하고 아빠의 몸을 밀쳐버렸다. 힘없이 넘어진 아빠는 주전자에 머리를 부딪쳤고 놀란 눈을 뜨며 손을 바르르 떨었다. 그런 아빠의 모습을 본 순간, 나는 억장이 무너지는 것 같았지만 냉정하게 고개를 돌려 버렸다.

치매 환자인 아빠를 집에 홀로 두고 가족들이 외출해야 할 때가 있었다. 그럴 때면 현관문 바깥쪽에 달린 자물쇠를 잠가야 했다. 아빠가 집 밖으로 나가게 되는 것은 위험한 일이었기 때문이다. 아픈 사람을 보호하기 위해서 문을 잠가야만 하는 것은 마음이 아프지만, 해야만 하는 일이었다. 그러나 보살핌이 필요한 내가 누군가를 보호한다는 것도 위험한 일이었다.

여느 때처럼 자물쇠를 잠그고 외출을 다녀왔는데 잠겨 있어야 할 자물쇠가 통째로 바닥에 떨어져 있었다. 얼른 집안으로 들어선 나는 아빠가 없다는 것을 확인하고 다시 집 밖으로 뛰쳐나갔다. 아빠를 찾아 헤맸지만 결국 아빠를 찾지 못하고 집으로 돌아왔다. 경찰에 신고라도 해야 할까 싶었던 그때, 누군가 현관문을 두드렸다.

"경찰입니다."

주민의 신고를 받고 출동한 경찰은 아빠를 모셔서 오지 못해 나를 데리러 온 것이었다. 나는 경찰의 인도를 따라 아빠를 찾아 나섰다. 아빠는 집에서 멀지 않은 곳에 앉아 있었다. 나는 초조해 보이는 아빠 곁으로 다가서서 "집에 가자." 했다. 하지만 아빠는 나를 알아보지 못하고 동행을 거부했다. 결국 나는 아빠를 강제로 등에 업고 집을 향해 걸어갔다.

어릴 적 나를 업어준 아빠처럼, 이제는 내가 아빠를 등에 업고 고요히 길을 걸었다. 왜소해진 아빠는 아이처럼 가벼웠지만, 나를 알아보지 못하는 아빠의 무게는 내가 감당하기에 버거운 것이었다.

*

그런 아빠를 두고 군인이 되어야 했던 날 아침, 아빠는 여전히 잠을 자고 있었다. 나는 아빠의 얼굴을 보면서 '갔다 올게요.' 하며 속으로 인사했다. 그리고 문밖을 나서다 다시 고개를 돌려 아빠를 바라보았다. 왜인지 아빠의 모습이 마지막이라는 예감이 선명했기 때문이다. 그래서 나는 편안히 누워 있는 아빠의 모습을 눈에 담았다.

5주가 지난 후, 훈련소 생활을 마무리하고 새로운 부대로 이동하기 위해서 짐을 꾸리고 자리에 앉아 있었다. 동기들과 아쉬운 작별의 인사를 나누고 대기를 하고 있던 그때, 훈련소 건물 전체에 이런 목소리가 담긴 방송이 울려 퍼졌다.

"88번 훈련병, 중대장실로."

나는 그 소리가 '재환아, 아버지 돌아가셨다.'는 것으로 들렸다.

그때부터 내 귀에는 오직 내 숨소리만 들렸다. 곧 복도를 지나 중대장실에 도착한 나는 노크를 하고 안으로 들어섰다. 중대장님은 내게 의자를 건네주고 사라졌다. 나는 의자에 가만히 앉아 있었다. 곁에 있던 조교들은 누구도 내게 아무런 말을 건네지 않았다. 시간이 멈춰 버린 것 같은 공간에서 얕은 숨만 내쉬고 있던 그때, 내 앞에 앉은 중대장님은 진중한 표정으로 이렇게 말했다.

"재환아, 대구 내려가야겠다."

나는 말없이 고개만 끄덕였다.

두 시간쯤 지나자, 작은아버지께서 훈련소 정문으로 오셨다. 서로를 마주한 우리는 아무런 말이 없었다. 나는 작은아버지 자동차 뒷자리에 앉아서 가만히 창밖만 보았다. 그때 하늘은 내 마음을 알기라도 하는 듯 나처럼 소리 없는 눈물을 흘려주었다.

장례식장에 도착한 나는 한 가지 다짐했다. 엄마에게 미소를 보이자는 것이었다. 장례를 마치고 복귀해야 하는 나를 엄마가 걱정할 것이 걱정되었기 때문이다. 그런 다짐으로 장례식장에 들어선 내 앞에 엄마가 보였다. 나는 다짐대로 엄마에게 미소를 보이려 했다. 그런데 그 순간, 내 앞에 있던 엄마는 나보다 더 환히 웃으며 나를 반겼다.

입대하던 날 엄마와 웃으며 나누었던 인사는 그 모습 그대로 장례식장으로 이어졌다. 달라진 것은 엄마의 상복과 나의 군복, 그리고 따뜻한 방에 누워있던 아빠가 차가운 영안실에 누워있는 것이었다.

엄마와 나는 미소로 장례를 치렀다. 사람들 눈에 이상하게 보일 정도였다. 엄마는 하느님에 대한 믿음으로 미소를 지었고, 나는 비련의 주인공처럼 보이고 싶어서 미소를 지었다. 사실 실감이 나지 않는 이유도 있었다. 내가 아빠의 죽음을 실감하게 된 것은 장례미사를 하던 때였다. 아빠의 영정사진을 안고 있던 나는 엉엉 소리내 울었다.

성당을 빠져나온 영구차는 화장터로 향했다. 화장터에 도착한 우리는 아빠의 관을 직원들 손에 맡겼다. 인간의 한계와 육신의 소멸을 고스란히 마주했던 그 순간, 나는 공간이 사라진 것 같은 상실감을 느꼈다. 그렇게 삼십 분 남짓 허망한 시간을 보낸 후에야 아빠의 관은 화장로 선반 위에 올려졌다. 곧 이런저런 치례를 치르고 아빠에게 마지막 인사를 전했다. 곧이어 화장로 문이 매정하게 열렸고 동시에 비명이 터졌다. 비통한 가슴을 부여잡고 죽음의 순간을 마주해야 하는 것은 산 사람들만의 몫이었다.

곧 아빠는, 모든 상처를 태워줄 뜨거운 사랑 속으로 스며들었다. 짧은 일생이 영원으로 타오른 순간이 지나 바스러진 한 줌의 재가 되어 돌아온 아빠의 흔적은, 주목받지 못한 당신의 마음처럼 납골당 안에서도 가장 낮은 자리에 안치되었다.

# 기준

'아이 같은 사람이 되어서는 안 된다'라고 생각했다. 내가 생각한 아이 같은 사람은 '약한 사람'이었다. 제힘으로는 알지도 못하고, 하지도 못해서 '도움을 받아야만 하는 사람' 그런 사람을 나는 아이 같다고 생각했다.

내게 아이 같은 사람은 때리면 맞을 수밖에 없고, 괴롭히면 당할 수밖에 없는 '패배자'였다. 그래서 나는 아파하는 것을 열등하게 여기고, 남에게 지는 것을 하찮게 여겼다.

아이 같은 사람이 되고 싶지 않았던 나는 감정을 억압했다. 감정을 느끼고 드러내는 '감정적인 사람'도 아이 같다고 생각했기 때문이다. 아이처럼 '못난 사람'이 되고 싶지 않았던 나는, 성숙한 어른처럼 '잘난 사람'이 되려고만 했다.

내가 생각한 잘난 사람은 '강한 사람'이었다. 무엇이든 잘 알고, 잘해서 누군가에게 '도움이 되는 사람' 그런 사람을 나는 강하다고 생각했다. 또 강한 사람은 맞거나 당하지 않고, 무엇이든 뜻대로 조정할 수 있으며, 누구든지 이겨낼 수 있는 '승리자'라고 생각했다. 승리자는 아픔을 느낄 필요가 없었다. 그래서 나는 '아파하지 않는 사람'도 강하다고 생각했다.

강한 사람이 되고 싶었던 나는 '이성적인 사람'이 되려고 했다. 어떤 상황에서도 감정을 느끼지 않고, 모든 문제를 이성적으로 해결할 수 있는 사람을 강하다고 생각했기 때문이다.

나는, 어떤 사람으로 살아야 하는지에 대한 기준을 정의하고 고집하기 시작했다. 내가 정한 기준은 '의식적 자해'나 다름이 없었다. 아픔이 깊었던 내가 감정을 억압하려고만 했기 때문이다. 몸이든 마음이든 다치면 치료받아야 한다. 그러나 도움받는 것을 하찮게 여기며, 상처 난 마음을 은폐하려고만 했던 나는, 탈이 날 수밖에 없었다.

*

모든 것이 공허했다. 어떻게 해도 마음이 채워지지 않았다. 사람들과 어울려도 외로울 뿐이었다. 화려한 것에 도취해 멋을 부려도 허전했다. 가족과 친구가 있어도 없는 것 같았다. 마음에 여러 여자를 품어도 마찬가지였다. 부정이 가득한 내 마음은 온통 어둠이었다. 빛을 받지 못해서 피폐해진 내 영혼의 몰골은 추악했다. 지속되는 어둠에 시달렸던 나는 우울감에 사로잡혔다. 아침에 일어나면 가슴 위에 돌덩이가 놓여 있는 기분이었다. 또 어디에 있든 공간의 압박이 느껴져 가슴이 답답했다. 사무치는 절망감을 감당하지 못해 자신을 스스로 파괴하고도 싶었다. 메마른 내 마음은 만족의 샘을 찾지 못해 삐딱하게 틀어졌다.

"거기 가면 아빠 있나?"

산소에 가자는 엄마에게 내가 한 말이었다. 내 안에 가득 찬 원망은 세상에 대해 반항을 일으켰다. 술에 취해 창문을 깨고, 흐르는 피를 무시한 채 차도를 걸었다. 자동차 거울을 부수고, 물건을 발로 찼다. 술병이 가득 세워진 테이블을 엎고, 친구의 뺨을 때렸다. 일부러 오토바이 사고를 내기도 했다. 하지만 달라지는 것은 없었다. 여전히 메마른 세상은 어둡고 갑갑했다. 어떻게 해도 사라지지 않는 내 안에 아픔과 발버둥 쳐도 대적할 수 없는 세상의 압박은, 내 영혼을 불안에 떨게 했다.

*

현관문 밖에 누군가 칼을 들고 서 있는 것만 같았다. 잠시 후면 그가 집안으로 들어서 엄마와 나를 살해할 것만 같았다. 엄마가 외출할 때면 아무런 이유도 없이 폭행당할 것 같았고, 나도 길을 걷다 아무 이유 없이 두들겨 맞을 것 같았다. 그래서 누군가 가까이 다가오면 심장이 두근거렸다.

엄마와 함께 길을 걷는 것은 땀이 흘러내릴 만큼 두려운 일이었다. 누군가 엄마와 나를 때린다면 나는 그와 맞서 싸울 것이고, 그럼 내가 맞는 모습이나 때리는 모습을 엄마에게 보여야만 했기 때문이다.

두들겨 맞는 나를 보며 엄마가 가슴 아파한다는 것은 상상만으로도 살갗이 찢어질 것 같은 고통이었다. 나는 그 고통을 감당해낼 자신이 없었다. 그래서 만약 그런 일이 일어난다면 모든 선善을 포기해버리고 타락할 것이라고 하느님을 겁박했다.

지속적인 불안을 느끼며 산다는 것은 살아도 사는 것이 아니었다. 그 어떤 자유도 행복도 느낄 수가 없었기 때문이다.

그런 내게 필요한 것은 '정화'였다.

# 2부 정화의 수순

# 수용

삼십 년 동안 성당을 다녔지만, 성서에 담긴 의미를 몰랐다. 스스로 모든 것을 잘 안다고 생각했기 때문에 배울 마음도 없었다. 그랬던 내가 성서모임을 가지게 된 것은 본당 신부님의 권유가 있었기 때문이었다. 신부님은 청년들이 성서에 대해 배우기를 바라셨고, 나는 그 뜻에 마음이 이끌려 공부하게 되었다.

천주교대구대교구에는 '파스카'라는 청년 성서모임이 있었다. 나는 그 모임을 통해서 내가 얼마나 성서를 모르는지를 알았다. 그동안 유식하다는 착각에 빠져 조금도 배우지 않았던 나는, 이제야 걸음마를 떼는 아기처럼 성서를 배워나갔다.

배움에는 순서가 있었다. 시작은 '창세기'였다. 나는 열 번의 팀 공부를 마치고 3박 4일 동안 진행되는 창세기 연수에 참여했다. 입소 전, 봉사자는 내게 열린 마음을 준비해오라고 했다. 어렵지 않았다. 이미 마음이 활짝 열려 있었기 때문이다. 하지만 입소 후, 내 마음은 어느새 오그라들어 있었다.

연수를 운영하는 방식이 마음에 들지 않았기 때문이다. 일정은 빠듯한데 다음 일정을 알 수가 없는 것이 불만이었다. 언제 무엇이 어떻게 일어날지 모르는 상황은 내겐 두려움이었다. 명령에 따라서 즉각적인 반응을 해야 하는 것도 마음에 들지 않았다. 마음속 깊이 묻어두었던 노예 생활의 감정을 느끼게 했기 때문이다.

또 봉사자가 불만이었다. 나는 마음이 무겁고 괴로운데 그들은 즐거워 보이는 것이 싫었다. 프로그램마다 감정이 돌변하는 모습도 마음에 들지 않았다. 그들의 모습은 마치 창식이 형 같았다.

그런데도 연수생들은 묵묵히 봉사자를 따랐다. 그 모습은 창식이 형에게 당하기만 했던 내 모습 같았다. 봉사자에게 적개심이 들었던 나는, 모든 사람이 춤을 출 때 주머니에 손을 넣고 그들을 흘겨보고만 있었다.

식사 시간도 마찬가지였다. 내가 온몸으로 뿜어대는 경계심 때문에 누구도 내게 말을 건네지 못했다. 그때 곁에 앉은 지도신부님이 내게 말을 건넸다.

"연수 어때?"

나는 대답을 하지 않고 되레 질문했다.

"왜 일정을 공유하지 않는 거죠?"

"왜 일정을 공유해야 하지?"

"저희에게는 알 권리가 있어요."

신부님은 고개를 돌리며 "너의 마음이 닫혀있는 문제다."라고 했다. 나는 신부님 말에 동의할 수 없었다. 연수 방식에 문제가 있는 것 같은데 내 마음이 문제라고 하니 마음이 더욱 닫힐 뿐이었다. 그래도 연수는 포기하지 않았다. 부정적인 상태에 사로잡혀있는 이 모습 이대로 어떠한 이끌림 안에 있다는 것을 느끼고 있었기 때문이다.

연수에 참여한 사람 중에서 나만 이상한 사람이 되어 있는 것 같았다. 나만 다르고, 나만 동떨어져 있는 것 같았다. 그랬던 내가 동질감을 느낀 사람이 있었다. 강의하러 온 강의신부님이었다. 신부님은 강의를 통해서 이렇게 말했다.

"조화를 위해서는 분리가 필요하고, 분리를 위해서는 대항도 필요합니다."

나는 그 말이 '재환아, 괜찮다. 그럴 수도 있다.'라는 말로 들렸다. 이해받은 느낌을 받았기 때문이었을까. 그때부터 내 마음은 다시 열렸다. 마음이 열리니 부족함도 살필 여유가 생겼다. 마침 고해성사를 하기 전 참회하는 시간이 되어 나는 나의 문제를 살폈다.

나의 문제는 적개심이었다. 마음에 들지 않는 사람을 적으로 단정 짓고 미워한 것이 문제였다. 그런 내가 나도 미워 자신을 스스로 책망했다. '너는 왜 이렇게 항상 싸우고, 다투고, 갈등하고, 대립하고 그러는 거야.' 그렇게 나를 하찮게 여기며 책망하고 있던 그때, 내 안에서 이런 음성이 느껴졌다.

"그대로 괜찮다."

온전한 수용을 느꼈던 나는 하염없이 눈물을 흘렸다. 사실 두려웠다. 내가 정말 못난 사람이라서 사람들과 어울리지도 못하고 사랑을 느끼지도 못할까 봐. 그런데 그 모습 그대로 괜찮다는 수용의 마음을 느끼니 두려운 마음이 녹아내려 눈물이 쏟아진 것이었다.

여전히 울컥하는 마음을 가슴에 담고 그 모습 그대로 고해성사에 참여했다. 신부님은 눈물을 흘리고 있는 나를 조심스레 대했다. 휴지를 건네며 마음이 편안해질 때까지 기다려 주셨다. 신부님은 성격이 좋은 형처럼 편안했다. 곧 마음이 진정된 나는 차근히 잘못을 고백했다. 나의 고백을 경청한 신부님은 곧 이렇게 대답했다.

"그럴 수도 있습니다."

하느님은 사람을 통해서 또 내 안에 고요한 내면을 통해서 이렇게 말씀하셨다.

'괜찮다. 그럴 수도 있다.'

# 회심

회사를 그만두고 유럽 여행을 떠났다. 처음으로 떠난 해외여행이었지만 두렵지는 않았다. 무엇이든 해결할 수 있다는 자신감이 있었기 때문이다. 그러나 나에 대한 믿음은 한순간에 쉽사리 무너져 버렸다.

나보다 덩치가 큰 외국인 승무원을 본 순간 마음이 쪼그라들었고, 아무래도 크기와 간격이 잘못된 것 같은 비행기 의자에 앉은 순간 온몸이 오그라들었다. 위축감을 느낀 나는 반성 의자에 앉은 아이처럼 잘못을 반성해야만 할 것 같았다. 무릎 위에 손을 다소곳이 올려둔 채 옆 사람 어깨에 짓눌려 있던 나는 이런 생각을 했다. '이대로 반나절을 앉아 있어야 한다고?' 믿고 싶지 않은 현실을 해결할 방법이 없었다.

새벽 한 시, 비행기는 거칠게 돌격하며 하늘로 박차고 올랐다. 이미 밤이 깊었기에 사람들은 하나둘 잠을 청했다. 나도 기내식을 먹고 곧 잠이 들었다. 그리고 얼마 후, 오줌이 마려워서 눈을 떴다.

창가에 앉아 있던 나는 화장실에 가려면 옆에 있는 두 사람을 깨워야 했다. 그래서 오줌을 참았다. 곤히 자는 사람을 깨우는 것이 미안했기 때문이다. 그렇게 한참을 끙끙대고 있을 때, 다행히 옆에 있던 사람이 깨어나 화장실에 다녀올 수 있었다.

오랜 비행에 지쳐서 갈증이 났다. 물은 서비스로 받아 마실 수 있었다. 그러나 나는 승무원에게 물 한잔 달라는 말을 못 했다. 혹시라도 외국인 승무원이 내게 말을 걸어오면 나는 어떤 대답도 못 할 것이고, 그럼 나의 무지가 사람들에게 들통날 것 같았기 때문이다. 그런 수치가 두려웠던 나는 갈증을 참았다.

무엇이든 해결할 수 있을 것으로 생각했던 나는, 화장실에 가고 싶다는 말과 물 한잔 달라는 말도 못 해서 참고만 있었다.

그런 순간에도 비행기는 어둠을 가로질렀다. 그 어둠 속에서 나는 깊은 잠이 들었다. 그러다 동이 틀 무렵이 되어 서서히 눈을 떴을 때, 창가에는 밝은 빛이 비치고 있었다. 얼굴 한가득 햇살을 머금은 나는 자연스레 눈을 뜨고 창밖을 보았다.

그 순간, 나는 숨을 헉 들어 마시고 입을 떡 벌린 채 멈춰 있었다. 눈 앞에 펼쳐진 광활한 대지를 마주한 순간, 경이로운 광경에 마음이 압도당해 숨을 쉴 수가 없었기 때문이다.

지평선 위로 느긋하게 솟아오르는 붉은 태양은 여유롭게 어둠을 밀어냈다. 짙은 남색의 하늘은 그러데이션을 이루었고, 한 하늘에 낮과 밤이 갈라져 태양과 달과 별이 조화롭게 공존했다. 하얀 구름은 지구 표면을 포근히 감쌌고, 구름 사이로는 사람이 오를 수도 없는 산맥들이 보일 듯 말 듯 했다.

난생처음 하늘에서 지구를 바라본 나는 이런 생각이 들었다.

'하느님은 말씀만으로 이 세상을 창조하셨다.'

또 미생물처럼 보이지도 않는 인간의 작음을 느끼며 이런 생각도 들었다.

'하느님이 얼마나 우리를 사랑하셨으면 이렇게 아름다운 세상을 선물로 주셨을까. 그런데 우리는 도대체 무슨 생각으로 하느님께 대적하는 걸까.'

곧, 비행기는 로마에 도착했다.

첫날부터 나는 본격적인 관광을 시작했다. 거대한 성당, 화려한 예술품, 강렬한 역사가 가득했던 로마는 도시 전체가 박물관이었다. 나는 곳곳마다 삼각대를 세워놓고 사진을 찍으며 근사한 나를 증명하기에 바빴다. 그러나 현실은 그렇게 근사하지 않았다. 화려하고 거대한 것들은 금세 익숙해졌고, 막상 나에게 닥친 문제들은 초라하고 부족한 것들뿐이었다.

매일 같이 요란한 사이렌이 울리고, 사람들은 무질서했다. 여기저기서 담배를 피우고, 지린내가 요동쳤다. 거리에는 화장실이 없었고, 찾아내도 돈을 지불해야 했다. 늘 도난을 신경 써야 했고, 상술을 조심해야 했다. 여행의 현실은 긴장의 연속이었다.

말 못 하는 벙어리가 되어 있던 나는, 식당 직원에게 혼이 나거나 웃음거리가 되기도 했다. 또 대중교통을 활용하는 것이 두려워 매일 10㎞ 이상을 걸어 다녔다. 한여름에 걸어 다니기만 했던 나는 길바닥에 주저앉아 이런 생각을 했다.

'내가 지금 도대체 여기서 왜 이러고 있는 거지?'

무엇이든 해낼 수 있다고 자신했던 나는 그저 '약한 아이'일 뿐이었다.

로마에서 머물기로 한 마지막 날이었다. 마침 주말이었기에 성당에서 미사를 하기로 했다. 내가 가려고 했던 성당은 로마 외곽에 위치한 '성 바오로 대성당'이었다. 나는 테베레강을 따라 한참을 걸어 그곳에 도착했다. 곧 성전 안으로 들어선 나는 입을 다물지 못했다. 내가 미세한 좁쌀처럼 느껴질 만큼 성전의 크기가 웅장했기 때문이다.

미사에 참석하기 위해서 성전 앞쪽으로 걸어가 의자에 앉았다. 그러자 연습을 하는 성가대의 목소리가 들려왔다. 사막에서 시원한 물을 한 잔 얻어 마신 기분이었다. 그리고 잠시 후 미사가 시작되었다. 신부님은 알아들을 수 없는 말로 미사를 집전했다. 그런데 무슨 말인지 알아들을 수가 있었다. 가톨릭 미사는 공통된 전례를 따랐기 때문이다. 여행 중에는 언어가 달라서 소통이 되지 않았는데, 미사 중에는 언어가 달라도 소통이 되었다. 낯선 땅에서 고향의 익숙함을 느꼈던 나는, 집에 온 것만 같은 편안함을 느꼈다.

내게 “Peace to you.”라며 인사를 건네는 사람들에게, 나는 “평화를 빕니다.” 하며 인사했다. 서로 다른 우리가 각자의 말로 평화를 빌어준다는 것은 그 자체로 이미 평화로운 일이었다.

곧 성찬의 전례가 되어 성체를 모시고 자리로 돌아와 눈을 감고 묵상했다. 그렇게 고요한 시간에 머물며 아름다운 선율의 오르간 연주를 듣고 있으니 문득 감사한 마음이 들었다. 낯선 땅에서 미사를 할 수 있는 것이 감사하고, 또 성체를 모실 수 있는 것이 감사했다. 그 마음이 벅차서 눈을 뜨고 천장을 바라보았다. 하늘처럼 넓은 천장 가운데에는 예수님이 그려져 있었다. 나는 자연스레 예수님의 눈을 바라보았다. 그런데 그 순간 마음속에서 울컥하며 눈물이 솟구쳐 올랐다. 지쳐 있는 나를 부드럽게 다독이는 온전한 사랑을 느꼈기 때문이다.

그때부터 회심이 들었다. 지금까지 살아오면서 잘못했던 일들이 주마등처럼 떠올랐다. 특히 사람을 때렸던 일들이 떠올라 마음이 괴로웠다. 내가 누군가에게 맞은 일보다 내가 누군가를 때린 일들이 나를 더 아프게 했다.

그때 나는 가슴 아린 참회의 눈물을 흘리며 ‘그동안 잘못 한 일들을 뉘우치고, 앞으로는 사랑하며 살겠다.’라고 다짐했다.

그런 다짐으로 눈물을 닦아내고 성전 밖으로 걸어 나왔을 때, 내 눈앞에는 조그마한 무지개가 피어있었다.

# 직면

청소년복지센터에서 일하게 되었다. 내가 해야 할 일은 청소년에게 교육, 복지 서비스를 제공하는 일이었다. 그 일을 하기 위해서 나는 서울로 이사를 하게 되었다.

월세방 하나 구하는 일을 대수롭지 않게 여겼던 나는 무작정 차에 짐을 싣고 서울로 갔다. 그리고 부동산 중개인과 함께 방을 보러 다녔다. 돈이 부족했던 나는 저렴한 방을 구해야 했다. 내가 제시한 가격의 방들을 보면서 나는 이런 생각을 했다. '장난하는 건가? 여기서 사람이 살 수 있단 말인가?' 몸만 누일 수 있는 작은 방안에는 곰팡이가 피어있었고, 거미줄이 처져 있었다. 안타까운 것은 그런 방에서 사는 사람이 있는 것이었다.

도무지 계약할 수가 없었다. 중개인에게 "죄송하지만 다른 부동산을 알아보겠습니다."라고 했다. 그는 "어딜 가나 똑같습니다." 하며 언성을 높이더니 보조석에 앉아 있는 나에게 거센 훈계를 시작했다. "좋은 방을 구하려면 금액을 올려야지. 실장인 내가 계약도 못 하고 사무실로 돌아가면 얼마나 부끄러워야 하는 줄 압니까."
나는 죄송하다는 말만 반복했다.

곧 도망치듯 그의 차에서 빠져나와 다른 부동산을 찾아갔다. 새로운 중개인이 보여주는 방들도 비슷했다. 그래도 몇 시간을 돌아다닌 끝에 세평 정도 되는 살만한 방을 찾았다. 즉시 집주인과 월세 계약을 했다. 집은 언덕 끝에 있었지만, 차가 있어서 괜찮았다. 그러나 주차장이 없어서 아무 곳에나 주차해야 했다. 그럼 차 빼달라는 전화에 시달렸다. 몇 번이나 언덕을 오르고 내리며 겨우 주차해두면, 다음 날 주차위반 스티커가 붙어있었다.

하루는 차 앞에 차를 대놓고 연락받지 않는 차주 때문에 한참을 꼼짝없이 기다린 일도 있었다. 그는 이쑤시개로 이빨을 쑤시며 나타나서는 "회식하고 있는데 왜 자꾸 전화합니까?" 하며 화를 냈다.

결국 나는 차를 팔아버렸다. 버스를 타고 다니면 스트레스받지 않으리라 생각했다. 그러나 사람을 겨우 집어삼키고, 토해내는 버스에 타고 내리는 것은 끔찍한 일이었다. 그나마 버스는 탈 수라도 있지 전철은 가끔 타지도 못했다. 비집고 들어갈 틈이 없었기 때문이다.

산소가 부족해서 숨이 막히는 대중교통을 타는 것보다 걸어서 다니는 것이 낫겠다고 생각했다. 그래서 자주 걸어 다녔다. 센터에서 집으로 걸어가는 길은 한 시간이 넘도록 언덕을 올라야 하는 길이었다. 그 길을 걷고 나면 지쳐서 금세 잠이 들곤 했다.

서울은 물질의 공급보다 사람의 수요가 많은 곳이었다. 적어도 내가 사는 동네는 그랬다. 사람을 피해서 걸어 다녀야 할 만큼 복잡한 이 도시에서, 흔한 사람은 귀한 존재가 될 수 없었다. 양보하거나 희생하면 바보가 되고, 살아남기 위해서는 이기심이 발달되어야 했다.

우주에 동동 떠다니는 작은 돌멩이처럼 오롯이 홀로된 기분을 느꼈던 나는, 모순적으로 가장 복잡한 도시에서 가장 텅 빈 광야를 느꼈다.

아무래도 서울은 내가 살기에 좋은 도시가 아닌 것 같았다. 누군가는 필요 이상을 소유하고, 누군가는 필요한 만큼을 소유하지 못하는 이곳에서, 나처럼 가난한 사람은 행복하기 어려웠다. 그것은 사회의 문제였고, 사회의 문제는 어른들의 욕심에서 비롯된 것이었다. 안타까운 것은 그런 문제가 아이들에게 영향을 미치는 것이었다.

센터에서 만난 아이들에게는 다양한 문제가 있었다. 대체로 가정에서 비롯된 문제였다. 애정적인 소속감이 부족한 아이들은 사회성이 결여되고 이기심이 발달되었다. 아이들을 돕기 위해 선생님들은 최선을 다했다. 안타까운 것은 몇몇 아이들이 억눌려 있던 부정적인 감정을 편안한 선생님에게 쏟아내는 것이었다.

이렇듯 타인을 존중하지 않는 아이들을 나는 탐탁지 않게 여겼다. 그중에서 눈에 띈 아이가 있었다. 그 아이는 중학생이었던 진수였다.

진수는 말과 행동이 거칠었다. 갑자기 화를 내며 소리를 질렀고, 주먹으로 벽을 쳐서 부수기도 했다. 여자아이를 멸시하고 선생님을 조롱했다. 솔직히 나는 버릇 없는 진수가 보기도 싫었다. 그래서 못 본 체했다. 그런데 이 녀석이 자꾸만 내게로 와서 남을 욕하는 것이었다. 그런 진수가 불편했지만 떼어놓지도 못하고, 혼을 내지도 못했다. 언제 터질지 모르는 진수의 분노가 두려웠기 때문이다. 그렇게 몇 개월을 버티다 결국 인내의 한계치를 느꼈다. 망나니처럼 통제가 되지 않는 진수를 두들겨 패서라도 제압하고 싶은 심정이었다. 그때부터 혼란이 찾아왔다. 선한 선생이라 믿었던 내가 난폭한 인간 같았기 때문이다.

나를 혼란스럽게 하는 진수와 함께 있을 때면 내 안에 두 자아가 대립했다.

'진수처럼 발악하면 안 돼. 아니야 너도 발악했어야 해. 나는 진수 같지 않았어. 너도 진수 같았어. 진수가 미워, 아니 안쓰러워. 아무리 괴로워도 이성적이어야 해. 아니야 감정적일 수도 있어.'

이러한 혼란에 잠겨 있었던 내 마음에 결정적으로 파고든 한 마디가 있었다. 그 말은 아이들에게 감정을 주제로 수업하고 있던 김 선생님의 말이었다. 선생님은 아이들에게 이렇게 말했다.

"어떤 감정이든 소중해."

그 말을 들은 이후로 내게는 조금 이상한 일들이 일어났다. 아이들이 소란을 피우면 나는 어느새 교실로 들어가 불을 끄고 책상에 엎드려 눈과 귀를 막고 있었다. 집으로 돌아가는 버스 안에서는 감정이 느껴지지 않는데 눈물이 줄줄 흘러내렸다. 어느 날엔 방 안에 앉아 있는데 눈앞이 일렁이더니 급기야 눈을 뜨고 있어도 앞이 보이지 않는 상태가 되었다.

그때 나는 처음으로 내게 문제가 있다는 것을 알았다.

하루는 진수가 한 살 아래의 여동생과 다툰 이유로 김 선생님에게 지도받고 있었다. 진수는 조금도 자기의 잘못을 살피지 않고 동생 탓만 했다. 곁에서 대화를 듣고 있었던 나는 결국 화를 주체하지 못하고 진수에게 다가서 이렇게 말했다.

"잘못했으면 반성하고 사과해야지."

평소와 다른 내 모습에 놀란 진수는 "얘가, 싸가지가 없잖아요." 하며 대들더니 몸을 바르르 떨며 나를 쳐다보았다. 나는 미동도 없이 눈을 부릅뜨며 눈빛으로 진수의 목을 조였다. 완강한 나의 기세에 분노가 터진 진수는 미친 듯이 소리를 지르며 센터 밖으로 뛰쳐나갔다. 그러면서 욕설을 퍼붓고 벽에 주먹질해댔다. 나는 냉철하게 고개를 돌렸다. '그러든지 말든지.' 신경 쓰지 않으려 했다. 하지만 이내 '얘가 돌아오지 않으면 어떡하지.'하는 걱정이 되었다.

다행히 며칠 후, 진수는 돌아왔다. 자기도 화를 낸 것이 무안했던지 고분고분한 태도를 보였다. 진수와 나는 서로를 못 본 체하며 무시했다. 그런 우리의 사정을 알고 있던 김 선생님은 진수와 내가 소통할 수 있도록 자리를 마련해 주셨다.

늦은 밤, 진수와 나는 책상을 사이에 두고 마주 앉았다. 진수는 나와 눈을 마주치지 않고 벽만 보고 있었다. 얼마 동안의 정적이 흐른 후, 내가 먼저 입을 열었다.

"무섭게 다그친 것 미안하다."

진수는 여전히 딱딱한 마음을 풀어내지 않았다. 그때부터 나는, 나의 어릴 적 이야기를 슬며시 꺼내 놓았다.

"아픔이 두려워서 폭력적으로 살았다. 선생님은 진수의 마음을 이해할 수 있다. 진수가 행복하면 좋겠다. 그러려면 사람들과 사이좋게 지내야 한다."

진수가 집과 학교에서는 기를 펴지도 못하고 이곳에서만 강한 모습을 보인다는 것을 알고 있었던 나는, 진수의 잘못을 따지지 않고 그동안 아프고 불안했던 마음을 알아주었다. 그러자 진수는 조금씩 내게 마음을 열었다. 우리는 서로의 아픔을 다독이며 진솔하게 소통했다. 그리고 서로의 몸을 꼭 끌어안으며 포옹했다.

그날 이후로 진수는 거짓말처럼 달라졌다. 좋아하는 요리를 해서 선생님에게 나누어주고, 또래들과도 사이좋게 잘 지냈다. 갑자기 소리를 지르거나 험한 말을 하지도 않았다. 마음이 한결 편안해 보였고, 아이처럼 순수한 미소를 짓기도 했다.

진수의 편안함은 나에게도 어떠한 해방감을 느끼게 했다. 그건 아마도 마주해야 할 나를 마주하게 된 이유 같았다. 그날의 시간이 지나 알게 된 것은, 진수는 내가 억압해둔 내 안의 '못난 나'였다는 것이었다.

# 화해

진수를 안아주었던 그날 이후, 아파하는 나를 억압해둔 이성의 사슬은 풀어졌다. 억눌린 감정 중에서 먼저 솟구쳐 오른 감정은 '원망'이었다.

내 안에 원망이 가득하다는 것은 놀라운 일이었다. 더욱 놀라운 것은 원망의 대상이 엄마였다는 것이다. 내가 엄마를 원망한다는 것은 감당하기에 버거운 혼란이었다. 힘겹게 살아온 엄마를 원망해서는 안 된다고 생각했기 때문이다. 그러나 거센 항변으로 마음을 온통 뒤집어 놓는 원망을 더 이상 모른 체 할 수는 없었다. 조금도 자기를 우그러뜨릴 기미가 없었던 원망은, 어떻게든 그 분통한 마음을 풀어내라며 나를 재촉했다.

혼자서는 원망의 기세를 감당할 수가 없어 엄마에게 전화를 걸었다.

"엄마…"

"그래, 잘 지내나?"

안부를 물어오는 엄마의 목소리에 왈칵 눈물이 쏟아져 흐느끼며 대답했다.

“아니, 못 지낸다. 힘들다. 괜찮지 않다.”

울먹이는 내 목소리를 듣고 당혹감을 감추지 못하면서도 엄마는 이런저런 말들로 급히 내 마음을 어루만졌다. 평생 힘들다는 말하지 않고 살았으니 엄마가 놀랄만했다. 엄마는 나에게 안정이 필요한 것 같다며 대구로 내려오라고 했다. 나도 그래야 할 것 같아서 고개를 끄덕였다. 내 안에 병폐한 원망은 엄마와 함께 풀어야 할 숙제 같았기 때문이다.

며칠 후, 센터장에게 면담을 요청했다. 퇴사하겠다는 말씀을 드리려는 것이었다. 센터장과 마주 앉아서 그동안 내게 어떤 일들이 일어났는지, 또 지금의 심정은 어떤지 솔직히 말씀드렸다.

“감정을 억압하고 살았어요. 억압된 감정 중에 원망이 있어요. 이 원망을 엄마와 함께 풀어야 할 것 같아요.”

말을 마치고 센터장의 대답을 기다렸다. ‘어떡해요? 괜찮아요? 힘들었겠어요.’ 하며 내 마음을 위로해 주실 줄 알았다. 그러나 그녀는 단호한 어투로 이렇게 말했다.

“선생님의 잘못은 살피지 않으시는 것 같아요.”

예상치 못한 답변에 마음이 뜨끔했다. 잠시 정적이 흘렀다. 그녀가 건넨 말이 내 마음을 파고들었다. 신기한 것은 정신이 맑아지고 마음이 안정되는 것이었다. 불편했던 그 말은, 원망에 허덕이던 내 영혼에 갈피를 잡아준 일침이었다.

면담을 마치고 자리를 떠나려는 내게 그녀는 "상처를 이해하려고만 하지 말고 원망을 드러내고 화해하세요."라고 말하며 나를 꼭 안아주었다.

*

대구로 내려와 한동안 나를 살피는 성찰에만 몰두했다. 기억할 수 있는 가장 어린 시절부터 지금까지의 내 삶을 되돌아보며 내 안에 묵혀있는 상처들을 발굴했다. 그동안 외면했던 아픔들이 고스란히 내 안에 남아 있었다. 그곳에서 크고 작은 아픔을 발견할 때마다 나는 이런 생각을 했다.

'도대체 엄마는 어디서 무얼 하고 있었나.'

오랜 아픔만큼 썩어버린 원망의 의식을 떨쳐내지 못했던 나는 읽고 있던 심리 서적을 손에 쥔 채로 엄마 방으로 들어갔다.

"이 책 좀 봐봐라, 나도 이렇게 아프고 힘들었다."

"세상에 안 아픈 사람이 어디 있노, 다 아프고 힘들지."

"엄마는 내 곁에 있어 주지 않았다. 나를 내버려 둔 거다."

"니가 사춘기를 안 겪더니 이제 와서 어리광을 부리네."

"나는 관심과 보살핌이 필요하다."

"엄마는 할 만큼 다했다. 바라지 마라."

"살가움을 전해주면 안 되나?"

"없는 걸 어떻게 주노."

"내 마음은 왜 몰랐는데?"

"말을 안 하는데 어떻게 아는데?"

울분을 토하는 내게 엄마는 단호한 모습을 보였다. 서로의 마음을 알아주지 않던 우리는 소통이 되지 않았다. 결국 갈등만으로 대화는 끝이 났지만, 나름대로 후련했다. 엄마의 말처럼 어린 시절 부렸어야 할 어리광을 지금이라도 부렸기 때문이다.

며칠 후, 열이 끓어 올라 밤새도록 앓았다. 아픈 몸은 영혼의 표명 같았다.

'나 왜 이렇게 아픈 거지? 어떻게 해야 낫는 거지?'

내가 나를 낫게 할 수 없다고 생각했던 나는, 바닥에 쓰러진 채로 이렇게 기도했다.

'저의 아픔을 낫게 해주시고, 저의 잘못을 용서해 주세요.'

다음 날, 친한 동생의 차를 얻어 타고 병원으로 향했다. 보조석에 앉아 있던 나는, 아빠의 장례식장으로 향했을 때처럼 창밖을 보며 눈물을 흘렸다. 병원에 다녀와서 집에서 쉬고 있을 때, 문득 엄마와 다투었던 갈등의 대화가 떠올랐다. 힘이 빠져버린 나는 거칠었던 엄마의 말을 부드럽게 받아들였다. 생각해 보니 틀린 말도 없었다. 말을 하지 않으면 알 수가 없고, 없는 것은 줄 수가 없다. 기적같이 엄마가 나를 돌본 것도 사실이었다. 그런 엄마에게 화를 낸 것이 미안해서 다시 엄마 방으로 들어갔다.

"관심을 보이면 간섭하지 말라 하고, 간섭을 안 하면 관심을 달라고 한 것은 내 잘못이다. 표현은 안 하면서 마음을 알아 달라 한 것도 내 문제다."

"부모가 갈등이 있으니까 힘들다는 말도 못 하고 의젓하려고만 했겠지. 니 속이 썩어 가는 줄도 모르고 엄마는 니가 다 괜찮다고만 생각했다. 니가 견뎌주어서 엄마가 숨을 쉰 건 맞다. 니까지 엄마를 힘들게 했으면 엄마는 못 살았다."

엄마의 말에 숙연함을 느꼈다. 어쩌면 내가 견딘 고통이 엄마와 아빠의 고통을 함께한 것인지도 모른다는 생각이 들었기 때문이다. 고통을 피하려고만 생각했을 땐 원망만 느껴졌는데, 고통이 연대였다는 생각이 든 순간부터는 기쁨도 느낄 수 있었다.

잠시 머문 정적을 깨고 다시 엄마가 말했다.

"어제 엄마는 고해성사하면서 엉엉 울었다. 니한테 미안해서."

"정말?"

"그래, 엄마가 미안하다."

엄마가 내 등을 토닥이며 말했다.

"훌훌 털어버려라. 그리고 상담 한번 받아보자."

그 말을 들은 순간, 내 안에 응어리진 원망이 풀어지는 것을 느꼈다. 내 아픔을 공감하는 엄마의 진심을 느꼈기 때문이다.

엄마는 내게 '총고해'라는 것을 제안했다. 그건 삶 전체를 되돌아보며 죄를 고백하는 것이었다. 지금 내게 필요한 일이라고 생각했던 나는, 며칠 후 고해성사를 준비했다.

먼저 불 꺼진 성전에 앉아 참회의 시간을 가졌다. 보통 이런 시간에는 남에게 잘못한 일이 무엇인지를 살폈는데 이번에는 초점이 달랐다. '나를 억압한 원수는 나였다'라는 생각이 머릿속을 떠나지 않았기 때문이다.

그동안 발견하지 못했던 낯선 죄를 종이에 옮겨 담고, 그 종이를 손에 쥔 채로 고해소로 들어갔다.

"성부와 성자와 성령의 이름으로 아멘."

"네."

무릎을 꿇고 성호를 그었던 나는, 종이에 적힌 잘못을 읽어내려고 했다. 그런데 입이 떨어지지 않았다. 갑자기 용암처럼 뜨거워진 가슴이 아렸고, 입을 뗀 순간 눈물이 솟구쳐 오를 것이 분명했기 때문이다. 그래도 잘못을 제대로 고백하고 싶었던 나는 겨우 감정을 추스르며 '제가 저를 괴롭히며 살았습니다.'라는 말을 하려고, '제'라고 입을 뗀 순간, 그야말로 폭풍 같은 오열이 터져버렸다.

그때부터 한동안 아무런 말도 못 하고 꺽, 꺽 소리를 내며 신음

했다. 숨을 헐떡이며 눈물을 흘리는 나를 신부님은 가만히 기다려 주셨다. 어떻게든 고백을 다 마쳐야 한다고 생각했던 나는, 가쁜 숨을 몰아쉬며 한 글자 한 글자 읽어내며 잘못을 고백했다.

그렇게 겨우 고백을 다 마쳤을 때, 신부님은 내게 이런 말을 전해 주셨다.

"하느님은 모든 것을 용서하십니다."

고해를 마치고 밖으로 나온 나는, 곧장 화장실로 걸어갔다. 얼굴을 씻고 고개를 들어보니 거울 속에 있는 내가 울면서 내게 용서를 청하고 있었다. 그때 나는, 그동안 나를 억압했던 나와 화해했다.

*

눈물로 고해했던 엄마와 나는 지속적인 소통을 하며 지냈다. 나를 낳기 전 엄마가 어떻게 살았는지, 그 삶 속에서 엄마가 어떤 생각을 하고, 어떤 감정을 느꼈는지. 내가 본 적이 없는 엄마에 대하여 엄마와 함께 소통하며 알게 된 것은 '나는 엄마를 잘 모른다.'라는 것이었다.

또 하나 알게 된 것은 엄마도 '약하고 부족한 사람'이라는 것이었다. 그리고 엄마는, 내 아픔이 엄마의 아픔으로 느껴져 내 아픔을 마주하는 것이 두려울 수 있다는 생각이 들었다.

엄마를 이해하고 수용할수록 감사한 마음이 커졌다. 무엇보다 감사한 것은 신앙의 모범이 되어준 것이었다. 아무것도 가진 것 없는 엄마는 하느님께 모든 것을 받았다고 했다. 온전히 비움으로써 모든 것을 채운 엄마는 내게 살과 피가 되는 이 말을 전해주었다.

"하느님을 믿는다는 것은, 하느님께서 나를 사랑하신다는 것을 믿는 것이다."

# 만남

상처를 털어내고 산뜻한 마음으로 새로운 시작을 하고 싶었던 나는 제주도로 천주교 성지순례를 떠났다.

첫째 날, 늦은 오후 공항에 도착해서 곧장 렌터카를 빌려 타고 관덕정으로 향했다. 관덕정은 천주교 신자들이 처형당한 곳이었다. 가뜩이나 날씨가 어둡고 쌀쌀한데 마침 사람들이 죽은 곳에서 있으니 두려운 감정이 밀려왔다. 산뜻하고 싶어서 떠난 성지순례의 시작은 두려움이었다.

숙소는 공항에서 멀지 않은 곳에 있었다. 예약해둔 숙소는 게스트하우스의 공동 침실이었다. 내가 머물 방에는 이미 두 남자가 머물고 있었다. 그중 한 남자가 짐을 풀고 있는 내게 말을 걸었다.

"여행 오셨어요?"

"네."

"여기로 오셔서 같이 한잔해요."

"아, 아닙니다. 괜찮습니다."

나는 왜인지 그 남자가 불편했다.

둘째 날, 본격적으로 성지순례를 떠났다. 날씨가 맑기를 바랐지만, 어제보다 하늘이 더 흐리고 비바람이 거셌다.

좌우로 흔들리는 차를 타고 폭풍 속을 지나듯 도착한 곳은 '성 김대건 신부 제주 표착 기념 성당'이었다. 이곳은 한국 최초의 사제인 김대건 신부님께서 상해에서 사제품을 받고 일행과 함께 배를 타고 귀국하던 중, 폭풍우를 만나 표착한 곳이었다.

나는 여기에 세워진 기념관을 홀로 구경했다. 기념관에는 잔인한 형벌의 도구가 전시되어 있었다. 곧 전시물이 전해주는 두려운 감정에 마음이 쫓겨 밖으로 뛰쳐나왔다. 그런데 그보다 더한 두려움을 느끼게 하는 자연 광경이 눈앞에 펼쳐져 있었다.

건너편에 보이는 바다에 화가 끝까지 차오른 거센 파도가 부서져 죽을 듯이 작은 섬 절벽에 머리를 처박고 있었고, 성난 하늘에서 불어오는 거센 돌풍은 커다란 나무의 목을 꺾어 숨통을 조이고 있었다. 요란하게 흔들리는 나뭇잎들은 서로의 살갗이 부딪치는 고통에 비명을 질러댔고, 짙은 먹구름에서 떨어지는 세찬 빗줄기는 통곡하는 하늘의 서러운 눈물 같았다.

곧 이성을 잃은 뿔난 바다가 나를 송두리째 집어삼킬 것만 같았고, 칼날처럼 매서운 바람이 내 몸을 날카롭게 베어버릴 것 같았다.

자연의 분노는 지금껏 사람에게서는 느껴보지 못한 공포를 느끼게 했다.

광활한 자연의 공포가 두려워 도망친 곳은 '정난주 묘'와 '황사평'이었다. 두 곳은 죽음의 증거인 묘지가 있는 성지였다. 비가 추적추적 내리는 음산한 날씨에 죽음이 깃든 묘지에 홀로 있으니 공포체험이 따로 없었다. 순교자들의 넋을 기리기는커녕 유령이라도 나타날 것이 두려워 얼른 그곳을 떠나버렸다.

그리고 도착한 곳은 공포의 성지순례의 절정인 '새미은총의 동산'이었다. 안개가 자욱하게 깔린 동산에는 나 말고는 아무도 없었다. 가랑비가 내리는 어둑한 공원 곳곳에는 실제 사람의 모습과 같은 동상들이 잔인하고도 폭력적인 모습을 담아내고 있었다. 특히 가시관을 쓰고 두 손이 묶인 채 손가락질받고 있는 예수님의 모습은 발길이 떨어지지 않을 만큼 내 마음을 아프게 했다. 나는 그렇게 모욕받으며 고뇌에 잠겨있는 예수님 동상 앞에 엎드려 앙상한 발 위에 손을 올려둔 채로 기도했다.

'저의 아픔을 낫게 해주시고, 저의 잘못을 용서해 주세요.'

기도를 마친 후, 십자가의 길을 걸었다. 끝까지 예수님의 수난을 묵상하며 길을 다 걸을 다짐이었다. 그러나 음산한 날씨에 아무도 없는 공원에서 홀로 십자가의 길을 걷고 있으니 죽음에 대한 공포감이 밀려와 부리나케 도망쳐버렸다. 마침 성전이 눈앞에 보여 그

안으로 들어서려고 했지만, 허름하고도 거대한 성전이 담고 있는 칠흑 같은 어둠이 두려워서 다시 도망쳐버렸다.

그날 밤, 숙소로 돌아와 샤워를 마치고 잠자리에 누웠다. 두려움에 시달린 피곤한 하루였기에 곧장 잠자리에 들려 했다. 하지만 방으로 돌아오지 않는 불편한 그 남자가 신경 쓰여 잠자리에 들지 못했다. 한참을 멍하니 누워 있던 그때, 저벅저벅 걸어오는 발걸음 소리가 복도 끝에서부터 들려왔다. 점점 발걸음 소리가 방문을 향해 다가오자 내 심장은 요란하게 두근댔다. 극도의 긴장감에 사로잡혔던 그때, 방문이 활짝 열리는 동시에 정신이 번쩍 들어서 나도 모르게 자리에서 벌떡 일어나려 했다. 그 순간의 내 모습은 술에 취한 창식이 형을 기다려야 했던 스키장에서의 내 모습과 같았다.

셋째 날 아침, 눈을 뜨니 마음이 무거웠다. 차를 반납하고 공항으로 이동해서 비행기에 올라타는 순간까지 계속 마음이 무거웠다. 곧 하늘길을 따라 대구로 이동하는 동안 마음 안에 어떠한 응어리가 단단히 뭉쳐지는 것을 느꼈다. 마치 돌덩이가 가슴 안에 가득 들어찬 기분이었다. 상태는 더욱 나빠져 가슴에 통증을 느꼈다. 평소 몸이 아프면 기도만 할 것이 아니라 병원으로 가야 한다고 생각했던 나였지만, 대구공항에 도착한 나는 곧장 성전으로 향했다. 성전으로 가서 기도해야 한다는 생각 말고는 아무런 생각도 들지 않았기 때문이다.

전철을 타고 성당으로 향하는 동안 숨이 가쁠 만큼 가슴이 갑갑했다. 곧 전철에서 내려 계단을 밟아 오르며 성전으로 향했다. 가슴에 들어찬 돌덩이가 무거워 상체가 앞으로 구부정히 굽혀졌다. 발길도 무거워 한발 한발 떼어내는 것이 버거웠다. 겨우 성당 입구로 들어섰지만, 아직 3층을 더 올라야 했다. 여전히 허리를 구부린 채 바닥만 바라보며 계단을 올랐다. 그러다 잠깐 숨을 크게 한번 몰아쉬려고 고개를 들어 올렸던 바로 그때, 내 눈앞에 피투성이가 된 채로 십자가를 지고 계신 예수님의 모습이 떠올랐다. 그런데 놀라운 것은 바로 그 순간, 가슴 안에 있던 돌덩이가 툭 하고 몸 밖으로 떨어져 나간 것이었다.

단 1초도 되지 않는 짧은 순간에 일어난 일이었다. 나는 분명한 변화에 놀라 어안이 벙벙해져서 자리에 가만히 멈춰 서 있었다. 그러다 다시 발걸음을 떼고 성전으로 향했는데, 계단을 오르고 있는 내 몸이 깃털처럼 가벼워진 것을 느꼈다. 송두리째 몸이 바뀌어 버린 것만 같았다.

곧 불 꺼진 성전 안으로 들어서 자리를 잡고 앉았다. 가슴에 들어찬 돌덩이가 무거워 기도하려고 왔는데, 이미 돌덩이가 사라진 바람에 무슨 기도를 어떻게 해야 할지 몰라서 가만히 십자가의 예수님만 보고 있었다. 그러다 눈을 감고 고요한 시간에 젖어 들었다. 자연스레 두려웠던 성지순례와 조금 전 가슴 안에서 돌덩이가 떨어져 나간 것을 묵상하며 생각에 잠겼다.

'이천 년 전의 예수님은 지금의 나를 위해 십자가를 지셨다.'

내 안에 묵혀 있던 두려움이 성지순례를 통해 가슴 안에 응어리로 드러났고, 그 응어리가 내가 본 예수님의 십자가로 옮겨간 것을 느꼈다. 그러니까 예수님의 십자가는 나의 아픔이자 죄인, 나의 '상처'인 것이었다.

나를 위한 예수님의 수난을 묵상하며 예수님께 물었다.

'제가 무엇을 해야 할까요?'

곧 마음속 깊은 곳에서 이런 울림이 들렸다.

'욕해보라.'

그 소리를 듣고 먼저 떠오른 사람은 창식이 형이었다. 예수님 앞에서 욕을 한다는 것이 두려웠지만 설레기도 했다. 곧 입에 담을 수도 없는 잔혹한 말들로 창식이 형을 파괴했다. 내 안에 있는 악을 온전히 드러낸 것이었다. 더는 할 수 있는 욕이 없을 만큼 모든 욕설을 퍼부었을 때, 다시 이런 소리가 들렸다.

'후련하냐.'

나는 잠시 생각에 잠긴 후 '아닙니다.'라고 대답했다. 그러자 마지막으로 이런 소리가 들렸다.

'용서하라.'

나를 온전히 낫게 해줄 영혼의 처방전이었던 그 말을 조금 더 살피고 싶어 성서를 열어 용서와 관련된 구절을 찾아보다가 이 구절이 눈에 들어와 마음에 담았다.

"너희는 원수를 사랑하여라. 그리고 너희를 박해하는 자들을 위하여 기도하여라." (마태 5:44)

'용서를 해야 내가 낫고 그러기 위해서는 원수를 사랑해야 한다.'라는 묵상을 하며 눈을 감고 있었을 때, 서서히 눈앞이 밝아져 오는 것을 느꼈다. 눈을 떠보니 창문으로 스며든 금빛 햇살이 은혜롭게 나를 비추고 있었다. 평온한 햇살이 마치 포근한 하느님의 품 같았다.

이틀 뒤, '젊은이 성령 세미나'에 참여하기로 한 날이었다. 나는 세미나를 통해서 창식이 형을 용서하고 싶다고 소망했다. 그래서 세미나의 지향을 '용서'로 정했다.

# 용서

'성령 세미나'는 하느님의 영을 체험하고 새로운 삶을 살아갈 수 있도록 도와주는 프로그램이었다. 내가 나를 새롭게 할 수 없다고 생각했던 나는, 하느님께 나를 의탁하는 마음으로 세미나에 참여했다.

첫째 날, 낯익은 봉사자들이 입소하는 나를 반갑게 맞이해주었다. 제주도에서 느끼고 싶어 했던 산뜻함은 그들의 청량한 얼굴에 담겨있었다. 누군가가 나를 반갑게 맞이한다는 것은, 존재 자체로의 내가 귀하다는 것을 느끼게 하는 사랑의 환대였다. 홀로 고단한 길을 다녀온 뒤라서 그런지 평소 감사한 줄 몰랐던 익숙한 사람들과의 만남이 더욱 감사했다.

우리는 함께 기도하고, 노래 부르며, 강의를 듣고 생각을 나누었다. 또 서로의 마음을 보듬으며 맛있고 건강한 밥을 함께 먹었다.

특히 좋은 것은 친한 동생들과 같은 방을 사용하게 된 것이었다. 스키장이나 제주도에서처럼 숙소에서 긴장할 필요가 없었기 때문이다. 첫날밤 우리는 친구 집에서 자는 것을 허락받은 중학생 아이들처럼 솟구쳐 오르는 기쁨을 주체하지 못해 몸을 바둥댔다.

둘째 날, 하루의 시작은 미사였다. 나는 미사에 참여하던 중 그날의 복음을 듣고 깜짝 놀랐다. 신부님의 입을 통해서 이 구절이 선포되고 있었기 때문이다.

“너희는 원수를 사랑하여라. 그리고 너희를 박해하는 자들을 위하여 기도하여라.” (마태 5:44)

그날의 복음은 삼 일 전 내가 성전에서 ‘용서하라.’ 하는 소리를 듣고 다급하게 찾아본 성서 구절이었다. 그 구절이 다시 한번 이곳에서 선포될 때, 모든 것이 멈춘 시공간 안에서 오직 말씀만이 들려오는 것을 느꼈다. 마치 예수님이 귓속말을 하시는 것만 같았다.

오후가 되어 고해성사를 했다. 고해하며 그동안 창식이 형의 존재를 하찮게 여긴 내 마음을 고백했다. 형에게 맞은 것은 나의 아픔이었지만, 형의 존재를 부정한 것은 나의 죄라고 생각했다. 나는 그 죄를 인정하고 고백하는 것으로 용서받고 싶었다.

고해를 마치고 면담을 했다. 작은방으로 들어서니 하얀 수도복을 입은 수녀님이 바닥에 앉아 있었다. 온화한 미소를 짓고 있는 수녀님과 나는 마주 앉아 이런 대화를 나누었다.

“편하게 말씀하세요.”

“어떻게 해야 용서를 할 수 있을까요?”

“이야기를 더 들어볼 수 있을까요?”

나는 수녀님께 상처와 정화에 관한 성찰을 토대로 용서를 해야 내가 낫고, 그래야 내가 상처로부터 자유로워질 수 있다는 말씀을 드렸다. 수녀님은 "어떻게 그런 걸 다 아셨어요?"라고 했다. 그때 나는 내게 일어난 일들이 나를 알게 했다고 생각했다. 또 나의 체험담을 들은 수녀님은 하느님이 나를 많이 사랑하신다고 했다. 그 말을 듣고, 나를 사랑하시는 하느님께서 내가 형을 용서할 수 있게 도와주실 것이라고 믿었다.

면담 후에는 '대침묵'을 했다. 나는 그 고요한 침묵이 좋았다. 곧 차 한 잔을 손에 들고 방으로 들어갔다. 홀로 창밖의 아름다운 풍경을 보고 있으니 마음속 깊은 곳에서부터 평온함이 밀려들었다. 그렇게 은은한 행복을 만끽하고 있던 그때, 문득 나를 때리는 창식이 형의 모습이 떠올랐다. 혈안이 되어 주먹을 휘두르는 형의 모습이 처량해서 마음이 아렸다. '무엇 때문에 그렇게까지 화가 나서 나를 때렸을까.' 하는 생각이 들면서 왜인지 알 수 없는 형의 상처가 느껴졌다. 맞은 건 나인데 형이 더 불쌍해 보였다. 이렇게 좋은 하느님을 모르고 살아가는 형이 안쓰러워졌다. 형에 대한 연민의 감정을 느꼈던 나는 진심으로 형을 위해서 기도했다.

'그의 상처를 낫게 해주시고, 하느님을 모르고 살더라도 하느님 뜻에 맞게 살 수 있도록 도와주세요.'

그때 나는 형을 용서하고 있다는 것을 알 수 있었다. 내 마음이 예수님의 마음으로 형을 느끼고 있었기 때문이다.

*

늦은 저녁, '안수식'을 준비했다. 안수식은 신부님께 안수받으며 '은사', 곧 하느님의 선물을 받는 것이었다. 그전에 우리는 신령한 언어로 말하는 '심령기도'를 배웠다. 감정적인 것을 어려워하는 나로서는 호소하는 듯한 심령기도가 어색하고 불편했다. 그런데 신부님과 봉사자들은 아무렇지 않게 심령기도를 잘했다. 현란하게 혀를 움직이며 알아들을 수 없는 말로 기도했다. 솔직히 나는 그것이 기도라고 생각해도 되는지 의구심이 들었다. 요란한 심령기도에 거부감이 들어서 입을 꾹 다물었다. 그러다 든 생각은, '내 마음에 들지 않는다고 해서 하느님이 아닌 것은 아니라는 것'이었다.

수용의 한계를 넘어 마음의 문을 열어보고 싶었던 나는, 나를 고집하지 않고 심령기도를 조용히 따라 했다. 중요한 것은 심령기도를 할 수 있는지 없는지의 문제가 아니라, 마음을 열 수 있는지 없는지의 문제라고 생각했기 때문이다.

곧 안수식이 시작되었다. 성가가 흘러나오자 신부님은 돌아다니며 신자들 머리 위에 손을 얹었다. 어떤 사람은 소리를 질렀고, 어떤 사람은 쓰러졌다. 나도 저렇게 쓰러지면 어쩌지 하는 걱정이 되었다. 어릴 적 선생님에게 뺨을 맞고 쓰러졌던 그때처럼, 신부님의 손이 내게로 다가오는 것이 두려웠다.

순서를 기다리며 소소히 심령기도를 했다. 조금 지나 덩치 큰 신부님이 내게로 다가왔다. 신부님의 삐쭉한 눈썹과 볼록 나온 배가 웃겨서 미소가 지어졌다. 신부님은 내 머리 위에 손을 얹었고, 우리는 함께 기도했다. 예상과 달리 평온했다. 잠깐의 안수를 마치고 신부님은 나를 떠났지만, 나는 계속해서 기도했다. 온전히 기도 안에 잠겨 들었을 때, 몸이 불덩이처럼 뜨거워지는 것을 느꼈다. 히터를 틀어놓은 것은 아닌가 하는 생각이 들 정도였다. 그러나 소란 중에 고요한 평온을 느꼈던 나는, 내가 느끼고 있는 이 뜨거움이 영혼의 상처를 태워버릴 사랑의 '불'이라는 것을 알 수 있었다.

마지막 셋째 날, 일정의 끝은 파견미사였다. 미사에 참여하기 위해 성전에 들어선 내 눈앞에 두 팔을 벌린 예수님이 있었다. 자리에 앉으니 곧 입당성가가 흘러나오고 신부님들이 입장했다. 마음은 이미 감격에 차 있었다. 이곳에 함께 계시는 하느님의 숨결을 느꼈기 때문이다.

미사 중에 상처 입은 시간과 정화 받은 시간이 떠오르며 그 안에 함께 계셨던 하느님의 마음을 느꼈다. '부족한 내가 뭐라고 이렇게까지 나를 사랑하시나?' 싶은 생각이 들어 하염없이 눈물이 쏟아졌다. 하느님이 나를 정말 많이 사랑하신다는 것을 체감했다.

그 벅찬 사랑을 감당하지 못해 자리에 주저앉았다. 수술받게 된 환자처럼 온몸에 힘이 풀렸다. 그런데도 눈물은 멈추질 않았다. 용암처럼 뜨거운 눈물이 계속해서 두 볼을 따라 내렸다. 그 순간 흘러내린 눈물은 영혼의 상처를 씻겨준 정화수, 곧 사랑의 '물'이었다.

'불'에 타오른 내 안의 깊은 상처는 모두 '물'에 씻겼다. 그날 밤, 나는 어릴 적 엄마가 나를 대야에 들어 앉혀 물과 햇살로 온몸을 씻겨주었던 그날처럼 평온히 잠이 들었다.

# 변화

축구를 할 때 극적인 역전 골을 넣어도 기뻐하지 않던 나였다. 놀라운 일을 대수롭지 않게 여기며 태연한 모습을 보이는 것이 멋이라고 생각했기 때문이다. 오랜 시간 아이 같은 나를 하찮게 여기며 감정을 억압했던 나는, 마음속에서 일어나는 감정을 잘 느끼지 못했다.

반면 이성적이고 합리적인 것들에 예민했다. 감정은 무디고 지성에는 집착했으니 남들 앞에 서서 생각을 발표하는 것은 어려운 일이 아니었다. 자기주장이 강하고 언변에 자신이 있어서 아무리 많은 사람이 내 앞에 서 있다고 해도 나는 조금도 떨지 않았다.

그랬던 내가 정화를 체험한 후, 먼저 느끼게 된 감정은 '긴장감'이었다. 다른 사람에게 주목받으며 생각을 나누어야 할 때, 자리에서 있을 수가 없을 만큼 긴장이 돼서 의자에 앉아 있어야만 했다. 바르르 떨리는 손과 목소리를 감추지 못했고, 한마디만 말을 뱉어도 호흡이 가빠서 숨을 몰아쉬어야 했다. 정말 내가 왜 이러나 싶은 생각이 들 정도로 낯설고 놀라운 일이었다.

분명히 달라진 것은 미세한 감정도 선명히 느껴지는 것이었다. 마치 입고 있던 갑옷을 벗어 던진 것만 같았다. 그동안 느끼지 못했던 감정을 느낄 수 있게 된 것은, 잃어버린 미각을 되찾은 것만 같은 기쁨이었다. 내게는 감정을 느끼며 눈물을 흘릴 수 있는 것이 큰 축복이었다.

감정을 순수하게 느낀다는 것은 기쁘면 기쁘고, 슬프면 슬픈 것이었다. 다행히 병폐적인 불안과 우울은 더 이상 느껴지지 않았다. 하지만 사고와 폭력에 대한 두려움은 진솔하게 느껴져 여전히 긴장되었다. 그동안 느끼지 못했던 긴장감을 느끼며 나는 내가 약한 사람이라는 것을 알았다. 하지만 그런 나를 거부하지 않고 있는 그대로의 나를 받아들였다.

*

성서는 나와 상관없는 이야기였다. 비천한 죄인들의 모습은 내 모습이 아니라고 생각했다. 그나마 의인으로 보이는 인물들이 내 모습 같다고 생각했다. 그랬던 내가 달라진 것은 성서 속 이야기가 내 이야기로 보이고, 죄인들의 모습이 내 모습으로 보이는 것이었다.

내가 생각했던 의인들은 모두 부족한 사람이었다. 모세는 살인자였고 바오로는 박해자였다. 반면 선인에게나 악인에게나 해를 비추시고, 의인에게나 불의한 이에게나 비를 내리시는 하느님의 사랑은 완전함이었다.

내 삶과 연결된 성서를 읽을 때면 단어에 국한되지 않는 의미가 보였다. 상처와 정화를 통한 사랑의 체험이 있었기 때문이라고 생각했다. 물론 나의 성찰이 완전할 수 없기에 교회의 가르침을 살폈다. 흑백으로만 보였던 성서가 다채로운 컬러로 보이고, 보이지 않던 의미들이 새롭게 보이며 알게 된 것은, 나는 '부족한 사람'이지만 하느님은 그런 나를 사랑하신다는 것이었다.

내 이야기처럼 보이는 성서에는 약하고 부족한 사람들과 함께하신 예수님이 있었다. 예수님은 하느님 나라를 선포하시고, 상처 입은 우리를 낫게 하시며, 부족한 우리를 가르치셨다. 사랑이신 예수님의 말씀은 내 안에 머물며 필요한 때에 필요한 것을 알게 하는 음성으로 다가왔다. 그 음성은 내 안에서 들리기도 하고 사람들의 글과 입을 통해서도 들려왔다.

내 안의 중심이 되어 안정감을 느끼게 하는 예수님의 말씀이 내 안에 머물며 일어나게 된 변화는 '자유'였다.

우선 상처의 증상에서 자유로워졌다. 더 이상 누군가가 나를 해치거나 죽일 것 같은 상상이 들지 않았고, 10년이 넘도록 꿈에 나타나 나를 때렸던 창식이 형이 꿈에 나타나지 않게 되었다.

또 강하고 잘난 사람이 되어야 한다는 의식에서 자유로워졌다. 약하고 부족한 나를 인정함으로써 못날 수 있는 자유를 얻은 것이다. 아무리 못난 내 모습이라도 존재 자체로 귀하다는 것을 체감했기 때문이었다.

'잘나야만 한다.'라는 의식에서 벗어나 '못날 수도 있다.'라는 의식으로 살게 된 나는, 강한 전사라 믿어온 의식적 자아에서 벗어나 본연의 약하고 부족한 실제적 자아인 '여린 아이'로 살게 되었다.

자유로워진 의식은 내 안의 깊은 곳을 파고들어 심연의 진주를 캐어냈고, 광활한 창공을 날아올라 하늘의 신비를 맛보게 했다. 그것을 나는 '의식의 향연'이라 한다.

# 3부

# 의식의 향연

# 상처

상처는 '기능의 손상'을 의미한다. 손이 상처를 입으면 잡는 것이 어렵고, 발이 상처를 입으면 걷는 것이 어렵다. 이처럼 마음은 상처를 입으면 바르게 인지하는 의식이 어렵고, 일어난 감정을 느끼는 것이 어렵다.

그렇다면 '영혼의 기능'은 무엇일까? 기능은 작용을 살피는 것으로 이해할 수 있다. 가위의 작용을 보면 가위의 기능이 자르는 것임을 알 수 있는 것처럼, 영적 기능은 영적 작용을 살피는 것으로 이해할 수 있다.

인간의 공통된 영적 작용은 무언가가 필요한 '욕구'다. 배가 고프면 먹어야 하고, 목이 마르면 마셔야 하는 것처럼 영혼은 안정과 자유를 갈망하고, 사랑을 느끼려 한다. 인간의 본성이 '부족함'이기 때문이다.

이는 곧 인간의 영적 작용이 '만족을 추구하는 것'임을 증명한다. '무엇을 원하는가? 왜 원하는가?'라는 의문을 파헤쳐 보면 결국

'행복을 원한다.'라는 결론이 난다.

곧 영적 기능은 '온전한 행복을 향해 나아가는 것'이다. 그것은 고통의 영역으로 행복이 확장되는 여정이다. 그러나 고통이 두려운 우리는 자기를 자기 안에 가둬둔다. 따라서 영적 상처는 '온전한 행복으로 나아가지 못하는 자기 구속 상태'라고 할 수 있다.

이러한 영적 상처에는 다섯 가지의 속성이 담겨있다.

*

## 아픔

아픔은 '욕구와 대립하는 상황에서 일어나는 감정의 통증'이다. 상황이나 상태가 원하는 대로 되지 않을 때 아픔이 일어난다. 몸이 충돌, 압박, 절단에 아픔을 느끼는 것처럼 영혼도 욕구가 훼손될 때 아픔을 느낀다. 안전의 욕구가 있기에 두려움에 아픔을 느끼고, 우월의 욕구가 있기에 열등감에 아픔을 느끼며, 존중의 욕구가 있기에 수치심에 아픔을 느낀다. 또 소속의 욕구가 있기에 소외감에 아픔을 느끼고, 소유욕이 있기에 상실감에 아픔을 느끼며, 자유의 욕구가 있기에 갑갑함에 아픔을 느낀다.

욕구가 해를 입을 때 일어나는 부정적인 감정이 곧 마음의 통증을 일으키는 것이다. 승부욕이 강할수록 패배감의 아픔을 크게 느끼는 것처럼, 욕구가 강할수록 아픔은 크게 일어난다.

그런데 왜 우리는 아픔을 느껴야 하는 걸까? 아픔의 첫째 기능은 '보호'다. 손가락을 뒤로 꺾으면 아픔이 느껴지는 이유는, 더 이상 손가락이 꺾이면 기능이 상실되기 때문이다. 마찬가지로 마음의 아픔을 느끼는 이유는, 욕구의 보호가 필요하기 때문이다. 욕구가 있어야 동기가 생기고, 동기가 있어야 활동한다. 온전한 행복으로 나아가기 위해서는 욕구라는 원동력이 필요하다.

둘째 기능은 '이해'다. 눈에 보이지 않는 마음의 한계는 아픔을 느끼는 것으로 이해할 수 있다. 영적 여정을 걷는 우리는 마음이 아프고 지친 것을 느껴야 휴식을 취할 수 있고, 도움을 받아 계속 걸을 수도 있다. 한계의 아픔을 느껴본 사람만이 그만큼의 아픔을 공감할 수 있고, 한계가 확장된 기쁨도 느낄 수 있다.

아픔의 기능을 이해하려고만 하기에는 아픔을 겪는 사람들의 마음이 참으로 괴로운 것을 알기에 이해의 관점으로 아픔을 들여다보는 것이 힘겨운 일이지만, 아픔을 이해하는 것만으로도 혼란의 아픔을 줄일 수 있기에 계속해서 아픔의 기능을 살펴본다.

아픔은 '충돌'할 때 일어나고, 충돌은 '부수는 작용'을 한다. 뽑기 힘든 사랑니를 뽑을 때 먼저 부수는 작업을 하는 것처럼, 내 안에 뽑혀야 할 의식도 먼저 부서지는 작용이 필요하다. 예를 들어 '사람을 조종하려는 의식'은 나를 괴롭게 하는 사랑니와 같다. 그럴 땐 남이 뜻대로 되지 않는 아픔이 나의 그릇된 의식을 부수기도 한다.

또 아픔은 '압박'받을 때 일어나고, 압박은 '확장의 작용'을 한다. 풍선을 위아래로 누르면 좌우가 확장되는 것처럼, 무엇을 어떻게 해야만 하는 압박이 성장을 돕기도 한다. 또 음식이 기도에 걸리면 배를 압박해야 하는 것처럼, 압박은 내 안에서 나와야 할 것들을 뱉어내게도 한다.

또 아픔은 '절단'될 때 일어나고, 절단은 '제거의 작용'을 한다. 딱딱하게 굳은 피부 바이러스를 레이저 시술로 제거하는 것처럼, 내 안에 제거되어야 할 상처의 바이러스가 절단의 아픔으로 제거될 수 있다.

아픔의 기능을 이해한다고 해서 폭력을 옹호하는 것은 아니다. 폭력은 개인의 욕구를 해소할 목적으로 타인의 존엄을 훼손하는 무력 행위다. 그것은 공동선이 아니기에 비판해야 한다.

아픔은 필요하지만, 홀로 감당하기에 버거운 것이다. 그럴 땐 서로의 마음을 위로하는 것으로 아픔을 극복할 수 있다. 그러나 아픔을 열등한 것으로 여겨 숨기려고만 하면 마음은 곪게 된다.

아픔은 공감이 되고, 공감은 위로가 되며, 위로는 애정의 관계를 이룬다. 아픔이 애정적 소속의 만족을 느끼게 하는 원석이 되는 것이다. 그러나 아픔이 존재 부정의 초석이 되는 경우 영적 상처의 근원이 된다.

## 부정

아닌 것을 아니라고 하는 부정은 필요하다. 그러나 맞는 것을 아니라고 하는 부정은 혼란을 일으킨다. 하느님의 영으로 창조된 우리는 모두 귀한 존재다. 그런 인간의 존재를 하찮게 여기는 '존재 부정'은 하느님의 영을 하찮게 여기는 죄의 선택이다.

존재 부정은 무시, 비하, 혐오와 같은 감정 속에 담겨 있다. 욕구가 충족되지 않는 아픔을 느낄 때, 타인의 존재를 하찮게 여기는 감정을 품는 것은 내 안에 죄의 성질을 담는 것이다.

왜 우리는 귀한 존재를 하찮게 여길까? 존재 부정의 첫째 요인은 '자기 보호'다. 누군가가 나를 아프게 하면, 열등감이 느껴지고 수치심도 느껴진다. 억울하고 분한 마음이 풀리지 않는다. 그런 아픔을 느끼고 싶지 않아서 보호막을 쳐버리는 의식이 타인의 존재를 하찮게 여기는 존재 부정인 것이다.

다른 요인은 '자기 섬김'이다. 자기를 섬기기 위해서 타인의 존재를 하찮게 여기는 것이다. 상대적으로 잘난 사람이 되어 존재감을 느끼려는 것이다. '나는 잘난 사람이고, 너는 못난 사람이다.'라는 의식은 존재 부정을 부추기는 의식이 된다.

자기를 섬기면 타인을 심판하고, 심판은 곧 자기 구속이 된다.

예를 들어 '남자는 과묵해야 한다. 시끄러운 남자는 하찮은 인간이다.'라는 의식이 완고하면, 물에 빠져도 살려달라는 소리를 지르지 못한다. 또 타인을 심판하면 자신을 스스로 감시하는 CCTV를 달고 산다. 늘 자기 기준에 맞는 자기를 신경 쓰며 사는 것이다. 내 기준에 내가 갇히면 자기만 보는데 자기를 못 본다. 자기를 못 보면 타인도 못 본다. 타인을 하찮게 단정 짓는 존재 부정이 나를 어둠 속에 갇히게 하는 것이다.

존재 부정은 전염성이 강한 바이러스와 같아 확산의 특성이 있다. 모든 문제를 자기 탓으로 돌려 지나치게 자기를 책망하는 자학적 사고에 빠지거나, 나와 조금만 달라도 틀린 사람으로 여겨 그를 하찮게 여긴다. 성별, 인종, 연령, 지역, 국가, 종교 등을 개인 기준으로 일반화하여 무시하고 혐오하는 부정의 늪에 빠지면 검은색 안경을 낀 것처럼 온 세상이 어둡게만 보인다.

## 혼란

방이 온통 어질러져 있다. 누구의 것인지 알 수 없는 물건들이 들어차 있고, 내 물건은 보이지도 않는다. 이게 도대체 무슨 일인지 어떻게 정리해야 할지도 모르겠다. 이처럼 혼란은 '원인과 답을 알 수 없는 어수선한 상태'다.

혼란은 감정과 의식이 다른 곳에 있거나 다양한 의식과 감정이 서로 다른 의견을 주장하면 일어난다. 감정은 슬픈데 의식은 기쁜 것처럼 타인에게서 유입된 의식과 감정이 내 안에서 일어나는 의식과 감정과 뒤섞여 버리면 혼란은 가중된다.

선이라 믿은 내가 악한 것 같고, 옳다고 여긴 일들이 그른 것 같고, 기쁘면서도 슬프고, 좋으면서도 거북하고, 알 수 없이 우울하고, 분노가 솟구치고, 무엇이 옳은지 그른지 알 수 없고, 어떤 선택을 해야 할지 모르겠고, 건강하다고 생각했던 내가 아픈 것 같고, 머릿속에서 많은 말들이 일어나고, 복잡한 감정들이 교차하고, 어지러운 마음은 정리되지 않는데 삶은 살아내야 하고… 그럴 때 우리는 혼란의 아픔을 느낀다.

그런 혼란도 필요한 때가 있다. 위험한 길로 들어섰거나 집으로 돌아가는 길을 잃어버렸을 때, 혼란의 아픔을 느껴야 바른길을 찾을 수 있다. 그러나 혼란이 지속되면 술에 취한 것처럼 길이 바르게 보이지 않아서 언제까지나 허기와 갈증에 허덕일 수 있다.

양심과 같은 선의 성질을 담고 있는 내 안에, 죄와 같은 악의 성질이 침투하면 영적 교란이 일어난다. 이러한 혼란은 안정의 욕구가 충족되지 않는 아픔을 일으킨다. 그것을 우리는 불안이라고 한다.

## 불안

불안은 '아픔에 대한 상상적 두려움'이다. 일어나지 않은 일을 상상하며 지금을 두렵게 사는 것이다. 두려움은 통증을 일으키는 감정이기 때문에 불안은 줄곧 나를 아프게 하는 만성두통과도 같다. 직접적이든 간접적이든 아픔에 대한 경험이 있으면 불안해진다. 아픔이 제때 위로를 받지 못하면 더욱 불안해진다. 주관적으로 느낀 아픔이 깊이 박힐수록 불안감은 점점 더 강렬해진다.

불안은 낫지 않은 아픔과 닮은 두려움을 느끼게 한다. 상실의 아픔이 낫지 않은 사람은 이별에 대한 불안감이 높아지고, 소외의 아픔이 낫지 않은 사람은 소외될 상황이 더욱 불안하다. 덧대어 거센 불안이 지속되면 망상적인 불안을 느낄 수도 있다.

대부분의 아픔은 예기치 않게 찾아온다. 그래서 불안은 아픔을 상상하며 미래를 대비하도록 한다. 예기치 못한 어려움이 찾아와도 아프지 않을 방법을 찾아 헤매는 것이다. 그렇다면 아프지 않을 방법은 무엇일까? 우리의 본능은 그것을 힘이라 한다. 힘을 길러 강해지면 무엇이든 뜻대로 할 수 있으니 아픔은 없을 것이라 믿는다. 그런 이유로 많은 사람이 돈과 권력을 추구한다. 그것이 곧 힘이라고 믿기 때문이다.

여기서 우리는 하나의 의문을 가질 수 있다. 돈과 권력으로 모든 것을 소유하면 불안한 마음은 사라지는 걸까? 더 이상의 아픔은 없는 걸까? 문제는 성질에 맞게 풀어야 한다는 것이다. 물질의 문제는 물질로 풀어야 하고, 영적인 문제는 영적으로 풀어야 한다. 불안한 마음의 문제는 물질의 문제가 아닌 영적인 문제이기에 결국은 영적인 만족감이 있어야 해소된다.

아픔을 상상하며 대비하는 이유는 두렵기 때문이다. 두려움은 생명을 보호하기 위해서 필요한 것이다. 그러나 생명을 지켜내기 위해서 두려움을 극복해야 할 때도 있다. 불안에서 자유로워지기 위해서는 영적인 두려움이 무엇인지 이해할 필요가 있다.

영적인 욕구의 근원은 '사랑'이다. 열등, 수치, 소외, 상실과 같은 초라한 때에 아픔을 느끼는 이유는 비천한 상황에서 사랑을 느끼지 못하기 때문이다. 사랑의 성질로 지어진 우리는 사랑을 느낄 때 만족하고, 사랑을 느끼지 못할 때 아파한다. 따라서 영적인 두려움은 '사랑을 느끼지 못하는 상태'에 대한 거부반응이라고 할 수 있다.

누군가에게 무시당하고, 조롱받고, 멸시받고, 모욕당할 때, 환난과 핍박 속에서 비천함을 느낄 때, 우리는 사랑을 느끼지 못해서 우월을 추구하고, 자기를 과시하며, 강하고 잘난 것에 대한 소속과 인정에 집착한다. 겉보기에는 우월에 대한 소속이 사랑을 느끼게 하는 방법처럼 보일 수 있으나, 깊이 살피면 사랑의 상실이 두려워 우월의 구속을 추구하는 상태라고 할 수 있다.

## 구속

구속은 '그래야만 하는 것'이다. 다름이 존중되지 않는 '당위적 사고'나, 실수가 용납되지 않는 '완벽적 사고', 착해야만 하고, 밝아야만 하며, 잘해야만 하고, 강해야만 하는 '강박적 사고'는 구속의 현상이라고 할 수 있다.

구속은 수치를 숨기려는 마음에서 비롯된다. 상처 입은 내 모습이 부끄러워 숨어야만 하고, 존재감을 느끼기 위해서 잘난 모습을 갖추어야만 하는 것은, 못난 나를 마주하고 드러내는 것이 두려워서 구속을 선택하는 것이라고 할 수 있다.

구속은 때에 따라 필요가 다르다. 어릴 적 아빠는 내게 '무단횡단을 하지 마라. 해가 저물기 전에 집으로 돌아오라.'와 같은 규정을 정해주었다. 그것은 나를 보호하기 위한 구속이었다. 그러나 성인이 된 지금의 나는 더 이상 그때와 같은 구속이 필요치 않다.

또 구속은 선택에 따라 필요가 다르다. 오른발을 다쳤을 때는 오른발만 깁스하면 되는데 불안한 마음에 왼발도 깁스하고 오른손, 왼손, 나아가 온몸에 깁스하면 가려워도 씻지 못하고 갑갑해도 움직이지 못하는 구속을 당하게 된다.

구속은 사람이 목적인가 수단인가를 살피는 것으로 필요한 것인지 아닌지를 성찰할 수 있다.

사람이 구속의 목적인 경우는, 비옥한 땅에 뿌리를 내린 나무와 같다. 그것은 사랑에 뿌리를 내린 구속이다. 영양을 흡수하고 열매를 맺는 나무는 자기를 살리는 구속을 당한다. 영적 정화와 성장을 목적으로 하는 구속은 사랑의 구속이다.

반면 사람이 수단인 경우는, 메마른 땅에 뿌리를 내린 나무와 같다. 그것은 허상에 뿌리를 내린 구속이다. 영양이 부족해 메마른 나무는 열매를 맺지 못한다. 개인의 결핍과 욕망을 채우기 위한 수단으로 인간의 존엄이 박탈되는 경우, 구속의 근원이 허상이기 때문에 영적 피폐함은 지속된다. 배가 고픈데 밥을 먹는 상상놀이만 하는 것과 같다.

허기에 허기를 더하면 불만은 지속된다. 불만이 지속되면 존재부정의 늪으로 빠져들어 죄의 선택이 습관화된다. 악은 결핍된 마음을 파고들어 약자를 괴롭히는 것에 기쁨을 느끼도록 유혹한다. 오랜 시간 방치된 영적 상처는, 악의 정착지가 될 수 있다.

*

상처를 회복하기 위해서는 치유와 관리가 필요하다. 치유가 의지만으로 되는 일은 아니지만, 의지도 필요하다. 치료는 의사의 몫이지만 아픈 부위를 내어놓는 것은 나의 몫이다. 상처의 부위와 정도에 따라 의사는 다른 처방을 내어놓는다. 나는 그 신비를 다 이해할 수 없지만, 경험에 따른 회복 방안을 정리해본다.

## 고요

레몬을 베어 무는 모습을 보면 침이 고이고, 누군가 흥얼거린 노랫소리가 온종일 귓가에 맴돌기도 한다. 교감신경과 공감 능력이 있는 우리는 자극에 영향을 받아 육체적, 정서적 반응을 일으킨다. 고요에 머물기 위해서는 빈 곳에 나를 돌덩이처럼 놓아두는 것이 필요하다. 익숙해지면 의식에 힘을 빼고 마음의 무게감을 느낀다. 흙탕물에 불순물이 가라앉아야 물속이 보이는 것처럼, 마음이 무거우면 무거운 대로 놓아두어야 한다. 억눌린 감정이 올라오면 진솔하게 느낀다. 깨어있다는 것은 바르게 보고, 듣고, 느껴서 바르게 이해하는 것이다. 그러한 직면의 시간을 가지는 것, 강한 자극에 취해 있지 않은 회복의 시간을 가지는 것, 그것이 고요에 머무는 시간이다.

## 위로

사소한 상황에서 일어난 아픔이 영혼을 온통 뒤집어 놓기도 한다. 아픔은 크기와 상관없이 일어난 것을 인정해야 한다. 고요에 머무는 것이 익숙해지면 아픔을 느꼈던 상황을 떠올린다. 장면을 마주하는 것이 버거우면 점진적으로 접촉한다. 특정한 상황에 예민한 반응이 일어나면 마음속에 가시처럼 박힌 아픔이 무엇인지 살핀다. 그러다 보면 미처 느끼지 못했던 감정의 잔해가 느껴진다. 감정이 일어나면 일어난 감정을 떼어놓고 살핀다.

슬픔, 짜증, 분노는 욕구불만의 정도를 나타내는 감정이다. 소외감을 느끼고 싶지 않은 욕구가 강하면 그만큼 소외된 상황에서 일어나는 분노의 지수가 높다.

욕구불만이 지속될 때 일어나는 감정은 우울이다. 마음 안에 365일 24시간 내내 어두운 밤이 지속되는 것과 같다. 실제로 애석한 삶이 지속되는 사람도 있지만, 그들이 모두 우울하게 살지는 않는다. 어려운 삶 속에서도 희망의 빛을 발견하고 그 햇살을 받아들이기 때문이다. 대부분의 우울은 마음의 어둠을 지속시키는 왜곡된 의식에서 비롯된다. 따라서 우울은 인지의 전환으로 나아질 수 있다.

불안은 아픔의 강도와 비례한다. 상대적이지만 아픔을 크게 느낄수록 불안감은 높아진다. 넘어지는 것이 조금 아픈 사람이랑 많이 아픈 사람은 뛰어놀 때의 불안감이 다르다. 불안감은 내재된 아픔의 위로와 환경의 개선으로 나아질 수 있지만, 궁극적으로는 두 가지의 마음이 내 안에 정착해야 자유로워질 수 있다.

하나는 '믿음'이다. 믿음직한 친구가 운전할 때와 믿음직하지 못한 친구가 운전할 때, 같은 차에 타고 있는 나의 불안감은 달라진다. 믿음이 강할수록 불안감은 약해지기 때문이다.

불안에서 자유로워지기 위해서는 '나를 사랑하시는 하느님께서 내게 필요한 것을 주신다.'라는 믿음이 있어야 한다. 내가 원하지 않는 일이라도 그것이 내게 필요한 일이 될 수 있다는 것을 믿는 것이다. 또 하느님은 양심과 생명력, 그리고 사랑의 작용을 통해서 우리를 보호하신다.

또 다른 하나는 '순명'이다. 순명은 '하느님 뜻대로 내가 이루어지기를 바라는 마음'이다. 세상 기준으로는 비천한 일일지라도 그대로 내게 이루어지기를 바라며 나와 내 삶을 하느님께 맡겨드리는 것이다.

위험을 대비하는 것도 필요하지만 지금을 자유롭게 사는 것도 중요하다. 아픔은 상상한 만큼 일어나지 않는 경우가 많고, 예기치 못한 좋은 일들도 많이 일어난다. 늘 불안에 떨며 미래를 사는 것보다 희망하며 지금을 사는 것이 이롭다. 따라서 우리는 믿고 순명해야 한다. 인간의 선함과 생명력을 믿고, 서로를 돕는 사랑의 작용을 믿어야 한다. 인간은 약해서 아파하고, 아파서 불안해하지만, 세상에는 인간을 보호하는 분명한 보호의 손길이 있다.

아팠던 마음이 위로받기 위해서는 통증을 일으킨 감정을 살펴야 한다. 욕구와 대립하는 상황에서 일어난 두려움, 열등감, 수치심,

소외감, 상실감과 같은 감정은 마음의 통증을 일으킨다. 이런 감정이 일어난 상황을 살피고 그 감정을 느꼈던 내가 위로받아야 아픔이 낫는다. 그러기 위해서는 '아픈 거 맞아, 두렵고 수치스러운 거 맞아.' 하며 아픔을 인정하는 것이 필요하다. '뭘 그런 걸 가지고 아파하느냐?' 하며 아픔을 외면하면 마음은 나을 수 없다.

아팠던 감정을 함께 느끼는 공감적 소통은 서로에게 위로가 된다. 다만 사람은 성격과 경험이 다르기 때문에 공감의 한계가 있다. 그런 우리를 위해 예수님은 인간적인 고통을 받으셨다. 환난과 핍박 속에서 모욕과 조롱을 당하시고, 매 맞고 가시관 쓰며 십자가에 못 박혀 돌아가셨다. 우리가 감당할 수 없는 고통을 대신 받으신 예수님은 지금도 우리의 아픔을 함께하신다. 그런 예수님의 마음을 함께 느끼는 것으로 우리는 위로받을 수 있다. 나를 위해 십자가를 지신 예수님의 위로는, 용서하고 용서받을 수 있는 용기가 된다.

## 용서

영적 상처는 아픔과 죄의 성질로 이루어진다. 따라서 위로는 반쪽짜리 치유라고 할 수 있다. 영적 상처가 온전히 낫기 위해서는 용서가 필요한데 용서는 참회하는 마음에서 비롯된다.

다음의 두 성찰은 참회하는 마음에 도움이 된다.

하나는 '욕심'에 대한 성찰이다. 욕심은 필요 이상을 추구하는 것이다. 그렇다면 필요한 만큼은 어떻게 알 수 있을까? 만족된 상태를 인지하는 것으로 알 수 있다. 따라서 만족을 알지 못하면 필요를 알 수 없고, 필요를 알지 못하면 욕심을 살필 수 없다.

만족을 느끼지 못하는 이유는, 상태보다 비교에 더한 관심을 두기 때문이다. 남에게 보이는 나만을 신경 쓰고 살면 나의 상태가 부족한지, 과한지, 만족되는지를 알아차리기 어렵다.

또 정도가 강할수록 만족을 느끼지 못하게 하는 욕구가 있다. '소유욕'과 '존재욕'이다. 소유욕은 가짐으로써 뜻대로 조종하려는 마음이고, 존재욕은 귀한 사람이 되고 싶은 마음이다. '누군가를 조종하려 했는지, 누구보다 귀한 사람이 되려고 했는지'를 살펴보는 것은 욕심에 대한 성찰을 돕는다. 사실 우리는 이미 많은 것을 받았고 존재 자체로 귀하다. 소유하지 않아도 만족할 수 있고 갖추지 않아도 만족할 수 있다. 부족한 나를 존재 자체로 귀하게 여기며 만족할 수 있다면 더 이상 나를 만들어 내며 남을 소유할 필요가 없다.

소유욕과 존재욕에 대한 집착은 필요 이상으로 자기를 괴롭게 한다. 빵 하나만 먹으면 되는 사람이 세 개를 바라면 두 개를 받아도 마음이 아프다. 욕심이 나를 괴롭게 하는 것이다. 욕심이 일어나는 근원이 아픔을 당한 일일 수 있으나, 파생적으로 욕심이 확장되는 원인은 어떤 존재를 하찮게 여긴 나의 선택에 있다.

다른 하나는 '존재 부정'에 대한 성찰이다. 어떤 나를 하찮게 여겼는지, 어떤 남을 하찮게 여겼는지를 살피는 것이다. 내가 가해자인 경우 남을 하찮게 여긴 나의 잘못을 살피는 것이 어렵지 않다. 그러나 내가 피해자인 경우 남을 하찮게 여긴 내 잘못을 살피는 것이 어렵다. 누군가가 나를 때려 내가 그를 하찮게 여긴 경우, 그를 부정한 내 마음을 정당화하기 때문이다. 그렇다고 모든 것을 내 탓으로 돌려 위선적인 죄책감을 느끼라는 말을 하는 것은 아니다. 그의 잘못은 그의 잘못으로, 나의 잘못은 나의 잘못으로 인정하자는 것이다. 피해를 보면 분노가 일어나고 억울한 마음이 드는 것이 현실이다. 그렇지만 아픔 속에 담긴 잘못이 있다면 그 잘못까지도 인정하는 것이 결국에는 자기를 자유롭게 하는 일이 된다.

세상에 죄가 없는 사람은 없다. 참회하는 사람과 그렇지 못 한 사람이 있을 뿐이다. 잘못을 인정하고 고백하는 것은 내게 이로운 선택이다. 그 선택을 방해하는 의식은 '선인 의식'과 '피해 의식'이다. 선한 내가 악한 남들 때문에 피해를 받고 산다는 의식이 강하면 자기의 잘못을 살피지 못한다. 내가 죄인이라는 것을 인정할 수가 없기 때문이다.

죄를 살피지 않고 은폐하기만 하면 존재의 수치를 느껴서 스스로 좁고 어두운 공간 안으로 숨어든다. 죄를 살피지 않는 나의 의식이 나를 구속하는 것이다. 그런 구속에서 벗어나 자유로워지기 위해서는 '죄인 의식'이 필요하다. 머리로만 이해하는 의식이 아닌 통회의 아픔이 체감된 의식이다. 죄인 의식은 나를 하찮게 여기는 의식이 아닌 죄를 뉘우치는 참된 회심이다.

내 안에 부족한 본성은 자기를 섬기는 우월의식이 부서질 때 악과 함께 드러난다. 참회하는 마음으로 나의 죄를 뉘우치고, 죄를 선택할 수밖에 없는 인간의 부족한 본성을 수용하는 것이 용서의 첫걸음이다.

완전하지 못한 우리는 타인의 모습을 통해 자기의 부족함을 발견할 수 있다. 나를 무시하며 화를 낸 그의 모습을 통해 남을 무시하며 화를 낸 나의 모습을 발견할 수 있다. 원수 같은 그의 본성과 나의 본성이 일치한다는 것을 이해하면, 부족한 자기의 본성을 수용함으로써 원수 같은 그의 존재를 수용할 수 있다. 자기를 수용할 때 타인도 수용할 수 있기 때문이다.

수용은 죄의 긍정이 아닌 미숙함의 인정이다. 그의 잘못은 그의 잘못으로 나의 잘못은 나의 잘못으로 인정하자. 마음 안에 원망이 있는데 긍정만 하는 것도 좋지 않다. 단, 죄를 선택한 인간의 미숙함을 인정하자. 미숙함을 수용한다고 해서 모두 용서할 수 있는 것은 아니지만, 용서가 이루어지기 위해서는 수용의 의식이 필요하다.

용서는 나의 마음이 예수님 마음과 일치하는 은총으로 이루어진다. 원망보다는 연민의 마음이 일어나고, 보복보다는 회복을 바라는 마음이 일어나 원수를 위해 기도할 수 있게 될 때, 그때 나는 용서함으로써 용서받게 되어 지독한 구속의 상처에서 비로소 자유로워질 수 있다.

위로와 용서는 겸손하신 예수성심의 영적 체감으로 이루어진다. 그때는 누구도 알 수 없지만, 분명히 다가올 그날을 우리는 믿고 희망하며 기도해야 한다.

## 진리

진리의 영은 내 영혼을 상처의 구속에서 자유롭게 해방시킨다. 누군가는 세상에 답이 없다고 하지만 사실은 그도 그의 답을 믿고 있는 것이다. 진리의 욕구가 있는 우리는 각자의 문제를 해결할 수 있는 나름의 답을 찾으려고 노력한다. 그러나 믿는 답이 모두 자기를 만족시키지는 않는다. 답을 찾기 위해서는 문제를 바로 알아야 한다. 보이는 세상의 문제만을 바라보면 보이지 않는 영혼의 문제를 살피는 데 소홀할 수 있다.

그렇다면 우리에게 주어진 근원적인 문제는 무엇일까? 그것은 '어떻게 해야 행복할 수 있는가?' 하는 것이다. 그런 의문에 대한 변하지 않는 답이 진리다. 이성의 한계가 있는 나는 진리를 모두 이해할 순 없지만, 진리의 영이 내 안에 머물러 활동한 때의 성찰을 토대로 나를 자유롭게 해준 진리의 조각을 나누려 한다.

상처의 구속에서 나를 해방시킨 진리는 '사랑의 확장이 온전한 행복으로 나아가는 길'이라는 것이다.

# 길

진로에 관한 이야기를 할 때면 꿈이 무엇인지를 묻는다. 길을 걷는다는 것은 '이루기 위한 여정'이며, 목적지는 '이루게 되는 것'이기 때문이다. 의사가 되고 싶은 사람은 의사가 되는 길을 걷고, 교사가 되고 싶은 사람은 교사가 되는 길을 걷는다. 처음부터 목적을 이룰 수 없는 우리는 무언가를 이루기 위한 여정을 걷는다. 그것을 '성장'이라 한다. 성장은 한계가 확장되는 발달이다. 몰랐던 것을 알게 되고, 할 수 없던 것을 할 수 있게 되는 것이 성장이다. 따라서 성장은 한계가 확장되는 고통을 수반한다.

발달에도 원리가 있다. '자극, 한계, 휴식, 보충'이다. 원하는 것이 뜻대로 되지 않는 자극을 받다 보면, 더 이상 할 수 없는 한계를 만나게 되고, 한계를 극복하려는 노력 끝에 무언가를 포기하게 되면, 사랑이 채워지는 보충의 시기가 찾아온다. 발달은 원리가 순환되는 반복으로 이루어지고 발달의 정도는 저마다 다르다.

발달은 비움과 채움으로 이루어진다. 내가 원하는 대로 사랑받기를 바라는 마음을 비우고, 하느님 뜻대로 사랑하기를 바라는 마음을 채우는 것, 자기 우월을 고집하는 완고한 마음을 비우고, 열등을 수용하는 포용의 마음을 채우는 것, 무너진 마음에 스며든 절망을 비우고, 나은 다음이 있다는 희망을 채우는 것. 그것이 온전한 행복으로 나아가는 힘이다.

영적 성장은 내적 변화를 통해서 이루어지는 여정이다. 길을 걷기 위해서는 지상에 서야 한다. 높은 자는 낮아지고, 낮은 자는 높아지며, 나와 이웃을 모두 소중히 여기는 것. 그것이 바로 지상에 서는 것이다.

그렇다면 어떤 한계가 확장되는 것이 우리가 함께 걸어가야 하는 길인 걸까?

## 사랑

사랑은 '귀하게 여기는 마음으로 필요한 것을 나누어 영적 성장을 이루는 하느님의 영'이다.

하느님의 신성으로 창조된 우리의 영은 존재 자체로 귀하다. 귀하다는 것은 '고유한 가치'를 의미한다. 우리는 모두 각자로 고유한 소명을 지니고 있다. 필요하지 않은 사람은 없고 모든 존재는 귀하다.

그렇다면 귀하게 여기는 마음이 확장되는 것은 무엇일까? 성찰을 돕기 위해서 '존재'를 '있는 나'라고 정의하고, '정체'를 '어떤 나'라고 정의한다. 스스로 존재의 귀함을 느끼지 못하는 우리는 어떠한 정체를 통해서 존재의 귀함을 느끼려 한다. 예를 들어, '잘한 나, 잘난 나, 멋진 나, 예쁜 나'와 같은 정체를 갖추는 것으로 '존재감'을 느끼는 것이다. 존재감을 느끼고 싶은 마음은 인간의 본성이다. 그 자체로는 문제가 없으나 우월한 정체에 대한 집착은 존재감 확장에 도움이 되지 않는다.

귀하게 여기는 마음이 확장되는 것은 존재감을 느끼지 못했던 정체에도 존재감을 느끼게 되는 것이다. 예를 들어, 내 안에 무지개와 같은 정체들이 있다고 가정해보자. '빨강 나'는 가장 마음에 드는 '우월한 나'고, '보라 나'는 가장 마음에 들지 않는 '열등한 나'라고 가정하자. 이때 '빨강 나'에서 '주황 나'를 귀하게 여기게 되고, '주황 나'에서 '초록 나'를 귀하게 여기게 되며, 결국에는 가장 비천한 '보라 나'까지도 귀하게 여기게 되는 것이 존재감의 확장이다. 이러한 존재감의 확장은 열등한 자기도 귀하게 여길 수 있는 자존감의 향상과도 같다. 반면 우월한 자기를 고집하는 자존심은 위축감을 극복할 땐 필요할 수 있지만, 존재감이 확장되는 것에는 도움이 되지 않는다. 그러나 세상은 우월한 정체를 갖추는 것이 존재감을 느끼는 방향이라고 제시한다. 그래서 두려움, 열등감, 수치심, 소외감, 상실감을 느끼는 상황에 놓이면 나도 나를 하찮게 여긴다. 하지만 사랑은 열등한 정체를 귀하게 여길 때 확장된다. 열등한 나를 귀하게 여겨야 열등한 남도 귀하게 여길 수 있고, 아무것도 아닌 나를 귀하게 느껴야 어떤 나라도 귀하게 느낄 수 있다.

그렇다면 해를 끼치는 사람도 귀하게 여겨야 하는 걸까? 사랑을 이해하기 위해선 존재의 귀함과 정체의 필요를 구분해야 한다. 존재는 자체로 귀하지만 정체는 필요가 다르다. 사랑은 귀하게 여기는 마음으로 필요를 나누는 것이다.

필요는 '이루기 위해서 있어야 하는 것'이다. 생명을 유지하기 위해서 물이 있어야 하는 것과 같다. 필요는 때에 따라 있어야 하는 것이 다르다. 여름에는 여름옷이 필요하고, 겨울에는 겨울옷이 필요하다. 세상에 필요 없는 사람은 없다. 고유한 성질이 필요한 때가 다를 뿐이다.

사람마다 필요한 것이 다르면 다른 것을 제공하는 것이 공평이다. 항상 같아야만 하는 것은 공평이 아니다. 사람마다 필요한 것이 같을 수도 있고 다를 수도 있기 때문이다.

나에게 혹은 남에게 필요한 것이 무엇인지 어떻게 알 수 있을까? 필요를 모르면 돕는 것이 도움이 되지 않을 수 있다. 필요를 알기 위해선 먼저 '변화된 경험'이 필요하다. 물이 필요하다는 것을 알 수 있는 이유는, 물을 마셔서 목마름이 해소된 경험이 있기 때문이다. 문제가 해소된 경험은 '지혜'가 되고, 지혜는 무엇이 필요한지를 알게 하는 '감각'이 된다.

영적 여정을 걷는 우리에게 필요한 것은 '관계'와 '돌봄'이다. 누구도 관계와 돌봄 없이 스스로 성장할 수 없다. 우리의 영혼은 '여린 아이'이기 때문이다. 아이는 보살핌을 받아야 살 수 있다. 식물이 햇살과 비바람을 받아야 자라나듯, 영혼도 애정과 지도를 받아야 성장한다. 배가 고프면 양식을 먹어야 하고, 모르면 교육받아야 하며, 아플 땐 치료를 받아야 한다. 돌봄은 관계 안에서 이루어지고, 관계는 관심과 소통으로 정교해진다.

필요를 나누기 위해선 가진 것이 있어야 하고, 나누고 싶은 마음이 있어야 하며, 그에게 필요한 것이 무엇인지를 알아야 한다. 그러나 가진 것이 부족한 우리는 필요한 것을 모두 알고 내어줄 수 없다. 그러나 부모가 아이를 의사에게 의탁하듯, 우리는 하느님께 서로를 의탁할 수 있다.

사랑은 느낄 때 채워진다. 머리로만 이해하는 것이 아니라 영적으로 체감해야 하는 것이다. 보이지 않는 길을 걷는 우리에게 사랑은 온전한 행복으로 나아가는 길을 인도한다. 생명의 길로 나를 이끌어 주는 사랑은, 영적 성장을 이루는 하느님의 영이며 그 영을 느끼는 것이 바로 사랑을 느끼는 것이다.

사랑은 두 가지 방식으로 느낄 수 있다. 하나는 '받는 것'으로 느끼는 것이다. 그건 나를 사랑하는 그의 마음을 내가 '공감'하는 것이다. 마음을 볼 수 없는 우리는 '태도'로 마음을 느낀다. 다정한 모습을 보이면 그의 마음을 내가 공감할 수 있기 때문이다. 사랑하는 마음을 나누기 위해선 마음을 표명하는 태도가 필요하다. 하지만 태도는 한계가 있다. 사랑이라고 생각한 태도를 그가 갖추지 못하면 사랑을 느낄 수 없기 때문이다. 그것은 그가 나를 사랑하지 않는 문제가 아니라, 내가 그의 마음에 공감하지 못하는 문제다. 태도로 사랑을 한정 지으면 한없는 사랑을 믿지 못하고, 사랑을 믿지 못하면 느끼지 못한다.

사랑을 느끼는 또 하나의 방식은 '하는 것'으로 느끼는 것이다. 아이를 보고 있을 때의 마음을 떠올려 보자. 아이가 나를 사랑하지 않아도 나는 사랑을 느낄 수 있다. 내 마음이 아이를 사랑하고 있기 때문이다. 사랑을 하는 것으로 느끼게 되는 것은, 예수님과의 '일치'를 통해서 하느님의 영을 느끼는 것이다. 사랑을 받는 것으로 느끼는 것은 한계가 있지만, 하는 것으로 느끼는 것은 지속적인 확장을 이룰 수 있다.

사랑의 확장은 '사랑할 수 없는 것을 사랑할 수 있게 되는 것'이다. 그것은 나를 사랑하는 사람만 사랑하는 '조건적 사랑'이 아닌, 나를 사랑하지 않는 사람도 사랑하는 '무조건적 사랑'이다. 내 마음에 사랑이 채워지면 남을 소유하지 않아도 소속될 수 있고, 집착하지 않아도 만족할 수 있다.

원수를 사랑한다는 것은 정말 힘겨운 일이다. 그런데도 지향해야 하는 이유는, 그 길이 온전한 행복으로 나아가는 길이며 지금 내 안에 평온이 깃드는 일이기 때문이다.

영적 정화와 성장을 통해 사랑하는 것으로 느낄 수 있는 때가 되면, 사랑받아야만 하는 구속에서 자유로워질 수 있다.

## 자유

자유는 '그럴 수도 있는 것'이다. 이럴 수도 있고 저럴 수도 있는 것, 할 수도 있고 안 할 수도 있는 것, 하물며 그릇된 선택을 할 수도 있는 것이 자유다. 곧 자유는 '원하는 것을 선택할 수 있는 것'이다.

선택은 이로울 수도 있고, 해로울 수도 있다. 따라서 자유의 순기능은 성장을 필요로 한다. 아이가 자동차 운전을 원한다고 해서 차 키를 줄 수는 없지만, 어른이 되면 비행기도 몰 수 있다. 그렇다면 어떤 선택이 이롭고, 어떤 선택이 해로울까?

이롭다는 것은 '기능의 긍정적 영향'을 의미한다. 영적 기능이 온전한 행복으로 나아가는 것이니 이로운 선택은 사랑이 확장되는 선택을 하는 것이다. 곧 사랑하지 못했던 것을 사랑할 수 있게 되는 선택이 이로운 선택이다. 그러나 늘 이로운 선택을 하지 못하는 우리는 서로에게 피해를 남긴다. 그럴 때면 차라리 선택이 없었으면 하는 생각도 든다. 그러나 선택이 없이는 '내가 나'로 존재할 수 없다. 창조는 존재며, 존재는 곧 자유이기 때문이다. 만약 '나'라는 존재가 이로운 선택만을 하도록 창조되었다면, 나는 나로 존재하는 것이 아닌 하나의 완성된 부속품으로 자리하는 것이다. '나'라는 존재가 성립되기 위해선 불완전한 존재로 창조되어야 한다. 부족함에서 완전함으로 나아가는 선택을 내가 할 수 있는 것이, 내가 나로 사는 것이기 때문이다. 하느님께서 내게 주신 고유한 은총은 '나'라는 불완전한 존재다. 따라서 그릇된 선택은 가능해야 하지만, 이로운 선택을 하도록 의식해야 한다.

우리는 사랑으로 창조되었다. 사랑은 가능한 선택을 모두 정당화하는 것이 아니다. 각자의 선택이 이로울 수 있도록 지혜를 나누는 것이 사랑이다. 또 사랑은 그릇된 선택으로 해를 입은 그가 회복될 수 있도록 위로하고 용서하는 것이다. 자비가 없으면 자유는 은총으로 존재할 수가 없다.

이해, 수용, 용서는 '그럴 수도 있는' 자유의 성질을 담고 있다. 이 세 가지의 마음이 깊어지면 자유도 확장된다. 온전한 자유는 선과 악을 모두 선택할 수 있지만, 선을 원해서 선택하는 것이다. 곧 '내가 원한 선택이 하느님 뜻과 일치하는 것'이 참된 자유다. 그럴 때 내 영혼은 자유의 욕구가 만족되는 행복을 느끼게 된다.

## 행복

내가 본 방송 프로그램의 내용이다. 임신한 아내와 유아기인 딸아이 앞에 임산부 고통을 체험할 수 있는 기구를 몸에 찬 아빠가 누워 있었다. 아빠는 긴장된 표정을 지으며 숨을 가다듬었다. 곧 기구는 작동했고, 고통의 수치가 높아짐에 따라 아빠는 괴로워했다. 나는, 아빠의 고통을 고스란히 지켜보고 있는 아이가 걱정되었다. 마침 체험을 마친 아빠가 미소를 지으며 아이에게 이렇게 말했다.

"괜찮아, 아빠 기쁘게 아팠어."

알고 보니 그 아빠는 산부인과 의사였다. 출산을 앞둔 아내의 마음을 위로하고, 임산부의 입장을 공감하기 위해서 스스로 체험을 선택했던 것이었다.

기쁘게 아팠다는 그 말이 한동안 머릿속을 떠나지 않아 엄마에게 물었다.

"어떻게 아픈데 기쁠 수가 있지?"

엄마는 소박한 말투로 대답했다.

"부모는 알 수 있지. 아이가 아프면 대신 아프고 싶거든."

그 말을 듣고 나는 고통과 행복에 관한 성찰을 했다. 행복은 만족감을 느끼는 상태인데 보통은 편리할 때 만족감을 느끼기 때문에 편리함이 곧 행복이라 여기는 경우가 있다. 그러나 아무리 편리

해도 다른 욕구가 충족되지 않으면 만족감을 느낄 수 없다. 성장의 욕구가 있는 우리는 고통이 따르더라도 무언가를 성취했을 때 만족감을 느낀다. 따라서 편리함만으로는 온전한 행복을 느낄 수 없다.

행복의 확장은 '만족감을 느끼지 못했던 고통의 영역에도 만족감을 느끼게 되는 것'이다.

고통은 생각만 해도 두려운 마음이 들어 외면하고 싶은 것이 현실이다. 그러니까 당장 큰 고통을 감내하며 만족감을 느끼자는 말을 하는 것이 아니다. 내게 주어진 고통의 영역 안에서 만족감을 느낄 수 있는 확장을 말하려는 것이다.

어떻게 고통의 영역으로 행복이 확장될 수 있을까? 믿기 힘든 그 일은 사랑의 욕구가 안전의 욕구보다 강하면 이루어진다. 고통을 받아도 안전의 욕구가 충족되지 않는 불만 지수 보다 사랑의 욕구가 충족된 만족 지수가 높게 일어나기 때문이다.

사랑하면 하나 되고 싶은 '일치의 욕구'가 일어나고, 함께 하고 싶은 '소속의 욕구'가 일어나며, 그의 행복을 위해서 필요한 것을 이루어주고 싶은 '성취의 욕구'가 일어난다. 따라서 아파하는 그를 사랑하게 된다면, 고통 중에도 일치와 소속과 성취의 욕구가 충족되는 만족감을 느낄 수 있다.

곧 고통의 영역으로 행복이 확장되는 유일한 길은, 고통 중에도 '사랑을 하는 것'이다.

그 길을 열어준 완전한 사람이 '예수님'이다. 예수님은 가늠할 수 없는 고통을 인간적으로 모두 받으셨다. 그러나 그보다 더 우리를 사랑하셨다. 우리를 사랑하신 예수님처럼 우리가 사랑할 수 있게 된다면, 비천한 때에도 만족감을 느낄 수 있다.

온전한 행복은 하느님과의 일치다. 유한한 인간이 어떻게 무한한 하느님과 일치할 수 있을까? 온전한 인성과 신성을 모두 지닌 예수님과의 일치로 이루어진다. 영적 여정의 목적지인 하느님께로 나아가는 유일한 길은, 예수님과의 일치다. 그 길은 죽음을 지나 평화로 나아가는 길이다.

세상이 줄 수 없는 평화는, 고통 중에도 깊은 사랑의 일치를 체감한 자의 마음 안에 깃든다.

# 저항

온전한 행복으로 나아가는 영적 여정을 맞바람처럼 저항하는 요인이 있다.

## 비교

태어난 곳에서부터 묻히는 곳까지, 한평생을 비교하게 되는 것이 사람이다. 다름을 이해하고 필요를 구분하기 위해선 비교도 필요하다. 그러나 열등한 것을 하찮게 여기는 비교는 문제가 된다. 우월해야만 하는 구속에 갇혀 온전한 행복으로 나아갈 수 없기 때문이다. 남보다 잘나야 한다는 비교가 예민하면 우월을 추구하는 의식의 압박을 계속 받아야 해서 마음 안에 부정적인 감정이 지속해서 쌓인다. 더구나 귀하게 여길 수 있는 나와 타인이 모두 부족한 상황이 되어 마음 안에는 만족감이 들어설 자리가 없다.

왜 우리는 우월을 추구하는 걸까? 스스로 존재감을 느끼지 못하기 때문이다. 태어날 때부터 스스로 자기 존재를 귀하게 여길 수 있는 사람은 없다. 누구나 나의 존재를 귀하게 여겨주는 타인의 마음이 필요하다. 그 마음을 선명히 느끼게 해주는 요인이 있다. 그중 하나가 '인정'이다. 사람은 할 수 없는 것을 할 수 있게 되었을 때 존재감을 느끼는데, 할 수 있게 되었다는 것을 자각하도록 하는 것이 인정이다. 혼자서 화장실을 가지 못했던 아이가 혼자서 화장실을 갈 수 있게 되었을 때, 부모가 인정해주면 아이가 존재감을 느끼는 것과 같다.

스스로 안정된 존재감을 느끼기 위해선 인정이 필요하다. 그러나 우월할 때만 인정받는 것은 오히려 안정된 존재감에 도움이 되지 않는다. 잘할 때나 못할 때나 존재가 귀하다는 것을 느껴야 존재감은 안정된다. 무언가를 잘하지 못했을 때도 위로와 격려, 그리고 애정의 지도를 받아야 한다. 어떤 나라도 존재감을 느끼게 해준 누군가가 있으면, 그가 언젠가 내 안에 내가 되어 스스로 안정된 존재감을 느낄 수 있게 된다.

하지만 본성이 부족한 우리는 서로의 필요를 온전히 채워줄 수 없다. 행여 충분한 사랑을 받았다 해도 열등을 거부하고, 우월을 추구한다. 인간의 기본 정서가 '열등감'이기 때문이다. 모든 아이는 이미 나보다 모든 것을 잘할 수 있는 사람들 속에서 태어난다. 나만 못하는 세상에 태어난 인간은 열등감에 아파한다. 잘하면 존재감을 느낄 수 있는데, 못하면 존재감을 느끼지 못하기 때문이다.

존재감이 부족하면 남이 나보다 잘되기를 바라지 않는다. 남이 나보다 우월하면 아픔을 느끼고, 내가 남보다 우월하면 기쁨을 느끼기 때문이다. 존재감이 부족한 우리에게 남보다 나은 내가 되려고 하는 비교는 자연스러운 일이다. 사람은 누구나 사랑이 필요하기 때문이다.

다만, 눈에 보이는 우월만을 추구하는 것은 안타까운 일이다. 열등한 것에도 존재감을 느낄 수 있게 되는 것이 사랑의 확장인데, 보이는 우월만을 추구하면 사랑의 확장이 이루어지지 않기 때문이다. 우월을 추구하는 것은 자연스러운 본능이지만, 어떤 기준을 따르고 있는지에 대해서는 성찰이 필요하다.

세상은 보이는 우월이 곧 존재의 우월이라 자극한다. 예를 들어, 저렴한 차를 타고 다니는 사람은 열등한 존재가 되고, 비싼 차를 타고 다니는 사람은 우월한 존재가 된다. '아직도 그런 걸 사용하시나요? 요즘 누가 그런 걸 사용하나요?'와 같은 말을 들으면, 기존의 물건을 사용하고 있는 나의 존재가 열등하게 느껴져 새로운 물건을 구입하게 된다. 물질의 우월이 곧 존재의 우월이 되는 것이다. 외모나 정체도 마찬가지다. 미美의 기준에 적합한 외모를 지닌 사람은 우월한 존재가 되고, 학력, 직업, 직장 등 우월한 정체를 지닌 사람도 우월한 존재가 된다. 소속도 마찬가지다. 존재감을 느끼기 위해서 우월한 집단에 소속되고자 애를 쓰고, 가족들까지도 우월한 정체성을 갖추도록 요구한다. 그러나 우리가 알아야 할 것은 물질과 정체의 격이 존재의 격이 아니라는 것이다.

보이는 것은 보이지 않는 것을 위해 존재한다. 존재감이 필요한 우리는 비교의 기준을 보이는 것에서 보이지 않는 것으로 전환해야 할 필요가 있다. 빨리 달리는 것이 우월이라고 정해놓은 달리기 시합에서 느리게 달리는 것이 우월이라고 기준을 바꾸면, 일등은 꼴찌가 되고 꼴찌는 일등이 된다. 사라질 것들을 쫓아 무작정 달리는 삶의 레이스에서 잠시 멈춰서, 무엇을 위해 달리는지 또 어떤 기준으로 달리는지 생각해 볼 필요가 있다.

온전한 행복으로 나아가기 위해선 남과 나를 비교할 것이 아니라 나와 나를 비교해야 한다. 얼마나 사랑할 수 있게 되었는지, 얼마나 자유로워졌는지, 얼마나 행복한지, 내적 상태를 확인하며 스스로 안정된 존재감을 느낄 수 있도록 비교해야 한다. 그렇게 되기 위해선 열등한 것을 하찮게 여기지 않으며, 서로의 존재를 귀하게 여길 수 있는 의식과 문화가 필요하다.

우월은 할 수 없는 것을 할 수 있게 되는 자유다. 소중한 자유가 확장되는 진정한 우월은 '덕'이다. 내 안에 사랑의 덕이 쌓이면 이웃의 기쁨은 나의 기쁨이 된다. 이러한 사랑만이 남과 나를 비교하는 구속에서 나를 자유롭게 해방시킨다.

## 거짓

있는 그대로의 나에게 존재감을 느끼지 못하게 되면 우월한 나를 만들어내서라도 존재감을 느끼려 한다. 스스로 '거짓된 자아'를 창조하는 것이다.

거짓된 자아를 이해하기 위해선 먼저 진실과 거짓에 대한 정의가 필요하다. 진실은 의식과 실제가 일치하는 것이고, 거짓은 의식과 실제가 불일치하는 것이다. 사과를 사과라고 의식하면 진실이지만, 사과를 복숭아라고 의식하면 거짓이다.

자아도 마찬가지다. 실제적 자아가 의식적 자아와 일치하면 '진실한 자아'가 되고, 실제적 자아와 의식적 자아가 불일치하면 '거짓된 자아'가 된다. 그렇다면 '실제적 자아'는 무엇일까?

실제적 자아는 하느님께서 만드신 나, 약하고 부족하지만 순수한 사랑인 '여린 아이'다. 여린 아이는 기쁘면 기쁘고, 슬프면 슬퍼하는 순수성을 지니고 있다. 스스로 약하다는 것을 인정할 수 있어 도움을 청하고 받는다. 그래서 여린 아이는 힘이 있다. 혼자서는 아무것도 할 수 없다는 것을 알고 있기 때문이다. 내 안의 실제적 자아인 여린 아이는 나이기도 하고, 너이기도 한 영혼의 본질이다. 여린 아이는 세상에 날 때 부족한 아이로 태어난다. 열등한 것을 하찮게 여기는 우리는 여린 아이를 거부하고 우월한 나를 만들어낸다. 그것이 '의식적 자아'다.

의식적 자아는 내가 만든 나, 강하고 잘난 나, 멋지고 착한 나다. 그것은 내가 만든 우상이다. 우상은 풍요를 기원하며 하느님이 아닌 대상을 신처럼 섬기는 것이었다. 우리가 섬기는 여러 우상 중 하나가 바로 내가 만든 나다.

'사랑을 느끼게 해줄 것이라고 믿고 만든 상像' 그것이 바로 의식적 자아이기 때문이다. 보잘것없는 여린 아이를 마음속 깊이 숨겨버리고 우월한 나를 만들어내 사람들에게 선보이며 살아가는 이유는, 누구에게나 인정받고 싶은 욕망이 있기 때문이다. 그런 이유로 누군가는 자기 우월을 증명하는 도구로 하느님을 치장하기도 한다.

우월을 고집하는 의식적 자아에 빠져 사는 것은, 환상으로 구축된 허상의 공간 안에 갇혀 사는 것이다. 그 안에 사는 멋진 주인공은 내가 만든 나다. 대체로 우월한 나의 상像은 존재감을 느꼈던 타인의 표상이다.

허상의 문제는, 진실한 사랑을 느낄 수 없는 것이다. 실제로 존재하지 않는 허상의 내가 허구적인 사랑만을 주고받으면, 아무리 열성을 다해도 가슴에 구멍이 난 것처럼 마음은 공허하다. 실제적 자아인 여린 아이가 사랑을 느끼지 못하기 때문이다. 허상에 몰두한 나머지 사랑이 필요한 여린 아이를 돌보지 않는 것은, 나의 실제를 외면하는 자기 방임이다.

의식적 자아에 의식이 녹아있으면 내가 진실한 자아로 사는지,

거짓된 자아로 사는지조차 구분이 어렵다. 그럴 땐 의식과 실제를 구분할 수 있도록 감정에 진솔한 시간을 가져야 한다. 다른 사람에게 늘 진솔한 감정을 드러낼 수는 없어도 나는 나의 감정을 진솔하게 인지해야 한다. 거짓된 자아를 벗어나려면 내가 나를 속이지 않아야 하고 거짓된 자아를 의식해야 한다.

온전한 행복으로 나아가기 위해선 진실한 자아로 살아야 한다. 곧 의식적 자아에 녹아 있던 의식이, 허상에서 벗어나 실제적 자아인 여린 아이로 스며드는 것이다. 그것은 거짓된 자아의 붕괴를 의미한다.

진실된 자아로 살기 위해선 잃어버린 실제적 자아를 되찾아야 하고, 손상된 자아가 회복될 수 있도록 여린 아이를 사랑으로 돌보아야 한다. 우리의 영혼은 아무리 약하고 부족할지라도 실제적 자아인 여린 아이로 살아야 사랑을 느끼며 성장한다.

## 탐욕

사람이 우월에 집착하는 또 하나의 원인은 마음에 탐욕이 있는 것이다. 탐욕은 탐스러운 것을 소유하고 싶은 마음이다. 멋있는 것, 잘난 것, 기쁨을 느끼게 해줄 것을 우리는 탐스러워한다. 이러한 탐욕이 지나치면 내 것이 아닌 것도 소유하려 한다.

그렇다면 무엇이 내 것일까? 물질은 합의를 통해서 각자의 것을 인정한다. 그러나 사람이 정의한 합의는 공동선이 될 수 없다. 누군가는 필요 이상을 소유하고, 누군가는 필요한 만큼을 소유할 수 없기 때문이다. 모두 소중한 우리는 누구나 삶의 기본 양식을 누려야 한다. 하지만 타고난 능력과 상황이 다르기 때문에 빈부격차가 일어난다. 따라서 필요 이상을 소유한 사람은 나누어야 한다. 이런 주장에는 의문이 들 수 있다. '내 능력으로 소유했는데 왜 나누어야 하는가?' 능력이 나만의 것이라고 생각되면 할 수 있는 의문이다. 그러나 능력은 개인을 위한 것이 아니라 공동체를 위한 것이다. 눈이든, 입이든, 손이든, 발이든, 각 몸의 지체는 몸 전체를 위한 능력을 지닌다.

같은 영으로 빚어진 우리는 각자의 영을 지니고 있지만 하나의 영으로 이어져 있다. 다르지만 같은 우리는 함께 만족할 때 더욱 만족할 수 있다. 행복의 확장은 공동체 의식과 영적 유대감에서 비롯되는 나눔에 있다.

그렇다면 보이지 않는 영적인 소유는 무엇일까? 그것은 '자아'다. 나의 자아는 나에게 허락된 나의 것이고, 너의 자아는 너에게 허락된 너의 것이다. 너의 자아를 내가 소유하는 것은, 소유욕과 이기심이 결합된 탐욕이다. 존재는 소유의 대상이 아닌 보완의 대상이다. 누구도 상대를 자기화하는 소유를 할 수 없는 것이다.

소유는 두 가지의 의미가 있다. 하나는 '간직하는 것'이고, 하나는 '조종하는 것'이다. 무언가를 간직하고 조종하는 것은 대상에 따라 필요가 다르다. 믿음, 희망, 사랑은 마음 안에 간직해야 하는 것들이다. 그러나 사람을 해롭게 하는 의식과 남을 뜻대로 조종하려는 의식은 마음 안에서 비워내야 하는 것들이다.

조종은 '그의 선택을 내가 대신하는 것'이다. 누군가를 소유하려는 마음 안에는 그를 뜻대로 조종하고 싶은 마음이 담겨 있다. 블랙홀처럼 결핍된 마음을 타인을 흡수하는 것으로 채우려는 것이다. 그런 마음이 지나치면 타인의 선택권을 박탈한다. 자유가 존재인데 선택권을 박탈하는 것은, 그의 존재를 인격으로 인정하지 않는 것과 같다. 누군가는 타인을 조종하는 것이 그를 위한 소유라고 생각할 수 있지만, 조종하는 소유는 그를 위한 것이 아니라 자기만족을 위한 것이다. 나는 어디까지나 선택을 권유할 수 있을 뿐이지 그의 선택을 내가 대신할 수는 없는 것이다. 그의 자아는 그에게 허락된 그의 것이기 때문이다.

탐욕에 허상이 더해지면 욕망이 된다. 각종 욕망은 탐스러운 쾌락을 느끼고 싶은 마음에서 비롯된다. 세상을 지배하고 사람을 정복하고 싶은 마음은 모든 것을 뜻대로 조종하고 싶은 인간의 욕망에서 비롯된다. 이러한 욕망은 신의 전능을 소유하고 싶은 인간의 근원적인 결핍이다. 하느님과의 일치는 우리가 희망해야 하는 일이지만, 하느님께 속하지 않고 신의 전능만을 소유하려는 탐욕은, 하느님과 상관없이 스스로 독립된 신이 되고 싶은 욕망이다. 이런 욕망을 실현하기 위해서 돈과 권력을 우상으로 섬기면, 나는 온전히 만족될 수 없다. 그 길은 하느님과 멀어지는 길이기 때문이다.

탐욕은, 진정으로 소유해야 하는 것이 무엇인지 알 수 있게 되면 영적 성장을 이끄는 에너지로 활용할 수 있다. 그러나 내 것이 아닌 타인을 내 뜻대로 조종하려는 탐욕은 불만의 길로 나를 인도한다. 모든 사람을 뜻대로 조종할 수 없고, 또 조종한다고 해도 만족될 수 없기 때문이다.

그릇된 나의 뜻이 부서지며 사랑의 한계가 확장되는 것이 온전한 행복으로 나아가는 길인데, 좁은 나의 뜻 안에 나와 타인을 모두 가두어 두는 것은 영적 여정이 멈춰 선 구속일 뿐이다.

## 둔감

욕구가 해소될 때 일어나는 감정은 기쁨이다. 절제와 향유를 통해서 기쁨과 행복을 느끼고 사는 것은 필요한 일이다. 그러나 쾌락만을 추구하는 삶은 문제가 된다. 쾌락이 익숙한 삶을 살게 되면 기쁨이 일어나는 자극 지수는 높아지고, 강한 자극을 찾는 빈도는 잦아지기 때문이다. 익숙해진다는 것은 무뎌지는 것이고, 무뎌지는 것은 같은 지수의 자극으로는 반응이 일어나지 않는 상태가 되는 것이다. 쾌락이 익숙한 삶을 살게 되면 일상의 자연스러운 자극들로는 기쁨을 느끼기 어려워진다.

영적 감각이 무뎌지는 것의 문제는, 은은한 자극에 기쁨을 느끼지 못하는 것이다. 설탕 시럽을 넣은 커피가 익숙하면 커피 본연의 단맛을 느끼지 못하고, 독성이 강한 술에 취하면 순한 음식의 맛을 느끼지 못하는 것처럼 일상도 어떤 자극이 익숙한가에 따라 같은 상황도 기쁨으로 느껴지는 때가 있고, 지루함으로 느껴지는 때가 있다. 그것은 대형차가 익숙하면 중형차가 작게 느껴지고, 소형차가 익숙하면 중형차가 크게 느껴지는 것과 같다.

때론 기쁨이 무뎌지면 더욱 쾌락을 느끼면서 즐겁게 살면 되는 것이 아닌가? 하는 의문도 든다. 그러나 입맛이 무뎌졌다고 해서 계속 자극적인 음식을 먹고 살면 몸이 해로워진다는 것을 우리는 알고 있다. 영혼도 마찬가지다. 쾌락만을 추구하면 마음에 해로운 성분이 고스란히 내 안에 쌓인다. 그것은 대체로 존재를 부정하는 마음이다. 쾌락에 무뎌지면 나도 모르는 사이에 영혼은 병폐해질 수 있다.

안타까운 것은 자극적인 요소가 일상에 쉽게 녹아있는 것이다. 한 번은 길을 걷는데 공중전화 부스에 '살려 주세요.'라고 적힌 종이를 본 일이 있다. 놀란 마음에 눈을 부릅뜨고 종이에 적힌 글을 자세히 읽었다. 그러자 작게 보인 글씨는 '맛있어서 죽겠어요.'였다. 가슴이 철렁 내려앉으며 안도감과 함께 짜증이 밀려들었다. 이렇듯 우리는 자극적인 요소를 쉽게 접하며 살고 있다. 아마도 그것은 감각을 모으면 돈이 모이는 상업의 원리와도 관련이 있을 것이다. 언제나 그렇듯 돈에 대한 욕심은 목적의 본질을 잃게 한다. 사람보다 돈이 소중해진 세상에서 감각의 순수성을 유지하는 것은 쉽지 않은 일이다.

쾌락이 익숙한 삶의 또 다른 문제는 만족감의 지속성이 짧아지는 것이다. 어떤 음식을 먹는가에 따라 만족감이 지속되기도 하고 금세 사라지는 것과도 같다. 몸에 필요한 영양을 골고루 섭취하지 못하면 만족감은 금세 줄어든다. 영적인 허기도 마찬가지다. 삶 속에서 진실한 사랑을 제대로 섭취하지 못하면 만족감은 금세 사라진다.

강한 자극에 의한 쾌락은 기쁨의 지수를 높여주지만, 만족감의 지속성은 떨어뜨린다. 행여 만족감이 지속된다고 해도 중독성이 있기 때문에 강한 쾌락을 다시금 찾게 된다.

쾌락으로 지속적인 만족감을 느낄 수 없는 이유는, 대체로 쾌락은 욕망이 충족되는 기쁨을 느끼는 것이기 때문이다. 욕망은 채워질 수 없는 욕구를 의미한다. 아무리 채워도 채워질 수 없는 허상의 욕구가 욕망인 것이다. 따라서 일시적인 기쁨은 느낄 수 있을지 몰라도 지속적인 만족감은 느낄 수 없다.

욕망은 우월성과 폭력성, 그리고 선정성을 지니고 있다. 이러한 욕망을 충족시켜주는 쾌락에 집착하고, 또 전능을 갈망하는 탐욕에 집착하면 약자를 괴롭히는 것에도 기쁨을 느낀다. 서로를 해치는 병적인 상태가 되는 것이다.

그래서 때론 조작된 자극을 거부하는 '감각 단식기'를 가져야 한다. 쾌락 지수는 높은데 지루한 부분들은 삭제해버린 매체들을 거부하고, 마음을 어지럽히는 환경과도 분리되어 침묵으로 단식하는 시간을 가지는 것이다. 처음엔 그런 시간이 갑갑하고 지루할 수 있다. 억눌린 감정이 솟구칠 수도 있다. 그러나 가라앉은 시간을 인내하며 영적 정화에 매진하는 것이 나를 참된 기쁨으로 인도한다.

영적 감각의 순수성이 회복되기 위해선 인내와 정화가 필요하다. 마음을 열어 사랑을 채워 넣는 인내는 상한 마음을 낫게 하고, 억눌린 감정을 비워내며, 풍파 속에도 고요를 고독 속에도 풍요를 누리게 한다.

순수한 감각과 진실한 사랑은 일상의 소소한 기쁨을 느낄 수 있도록 하며 지속된 만족감을 선사한다. 그릇된 자아가 부서진 자리에 스며든 감사와 만족이 평온의 삶을 살게 하는 것이다.

# 선택

제힘으로 영적 저항을 극복해야 하는 것이라면 누구도 온전한 행복으로 나아가지 못할 것이다. 그러나 우리는 그 길을 나아갈 수 있다. 내 영혼과 함께 걸으며 잡아주고 당겨주는 '은총'이 있기 때문이다.

은총은 '선물'이다. 심장은 나의 노력으로 뛰지 않고, 한 줌의 호흡도 내가 이룬 대가가 아니다. 영혼, 육신, 자아, 욕구, 감정, 의지, 선택까지도 성과에 대한 보상이 아닌 거저 주어진 은총이다. 그중에서 나는 '사랑하는 마음'을 은총으로 성찰한다. 원한다고 만들어 낼 수도 없고, 원하지 않는다고 없앨 수도 없는 것이 사랑이다. 목숨을 걸고 다른 사람을 구해내는 마음, 불이익을 받더라도 약자를 위하는 마음, 보이지 않는 희생, 용서하는 마음. 내 뜻대로는 품어낼 수도 없는 사랑하는 마음이 있기에 우리의 영혼은 숨을 쉰다.

은총의 주관은 내가 아닌 하느님이다. 하느님은 우리에게 보편적인 은총과 저마다의 고유한 은총을 주신다. 인류를 사랑하시는 하느님의 섭리가 있기 때문이다. 우리는 그것을 모두 헤아릴 수 없다.

사랑하는 마음은 사람마다 차이가 있다. 마음의 성질이 다른 이유가 있고, 상처 난 마음에 우상을 채워 넣는 이유가 있다. 자율성이라는 선택의 은총을 받은 우리는, 은총이든 유혹이든 그것을 거부할 수도 있고 수용할 수도 있다.

선택은 두 가지의 종류가 있다. 하나는 '욕구에 의한 선택'이고, 다른 하나는 '의지에 의한 선택'이다. 이 둘은 서로를 견제할 수 있다. 선의 욕구가 일어나도 악한 의지로 그것을 거부할 수 있고, 악한 욕구가 일어나도 선한 의지로 그것을 거부할 수 있다. 영적 성장은 선한 마음과 선한 의지의 결합으로 이루어진다. 그 마음은 내가 일으킬 수 없으니 나의 성장도 하느님의 은총이다. 나를 이끄시는 하느님의 손길에 내가 협력하기 위해서는 그 손을 붙잡으려는 나의 의지도 필요하다. 그것은 악을 거부하고 선을 수용하는 의지다. 존재를 부정하는 마음과 나를 섬기는 마음을 거부하며, 사랑하는 마음이 일어나는 때를 기다리는 것이다. 그러나 사랑하는 마음이 없으면 어느새 의지는 무너진다. 무너진 바닥에서 나의 부족함을 인지하게 되고, 내 뜻대로 이루려 했던 마음들이 놓아지면, 비워진 마음 안에 스며든 초연함이 자아의 확장을 이룬다. 그때는 명확히 알 수 없다. 우리가 할 수 있는 것은 사랑하는 마음이 채워지는 때를 인내하며 희망하는 것이다.

선택은, 결심을 실천하는 것이다. 마음을 품기만 하는 것과 그 마음을 실천하는 것은 서로에게 미치는 영향이 다르다. 사랑하는 마음을 나누는 실천을 할 때 사랑은 서로에게 보태어진다. 악도 마찬가지다. 그러나 악을 지나치게 두려워할 필요는 없다. 악도 선으로 바꾸시는 하느님의 은총이 있기 때문이다. 다만 우리는 악을 경계하고 거부하면서도, 죄를 선택하게 되는 인간의 부족함을 수용하며 하느님께 삶을 의탁해야 한다.

악의 유혹을 거부하며 사랑을 선택하는 것은 어려운 일이다. 무엇이 사랑인지 아닌지 분별도 어렵다. 그래서 우리에게는 식별이 필요하다. 식별의 궁극적인 목적은 하느님의 뜻을 인지하고 그 뜻에 맞는 내가 되는 것이다. 하느님의 뜻은 선이고, 정의며, 사랑이다. 그 사랑이 나에게는 고유한 방식으로 적용된다. 그것을 분별하기 위해서는 각자의 체감이 필요하다.

어떻게 해야 하느님의 뜻을 인지할 수 있을까? 부모의 마음은 부모가 되었을 때 알 수 있다고 한다. 이처럼 하느님의 뜻을 인지하기 위해선 사람이 되신 하느님, 곧 예수님과 일치하는 삶을 살아야 한다. 그 사랑의 신비를 우리가 다 알 순 없지만 가능한 만큼은 알 수 있다. 예수님께서 보여주신 삶은 하느님께 '순종하는 삶'이며, '그런데도 사랑하는 삶'이다.

예수님과 일치를 체감하기 위해선 먼저 예수님이 어떻게 사셨는지 알아야 한다. 그 삶을 알아갈 때, 내 삶 속에 함께 계시는 예수님도 섬세히 느낄 수 있기 때문이다.

어떻게 삶을 살아야 할지 우리가 알 수는 있지만, 아는 것이 모두 되지는 않는다. 아는 것이 되기 위해선 그런데도 믿고, 청하며, 사랑하는 삶을 선택해야 한다.

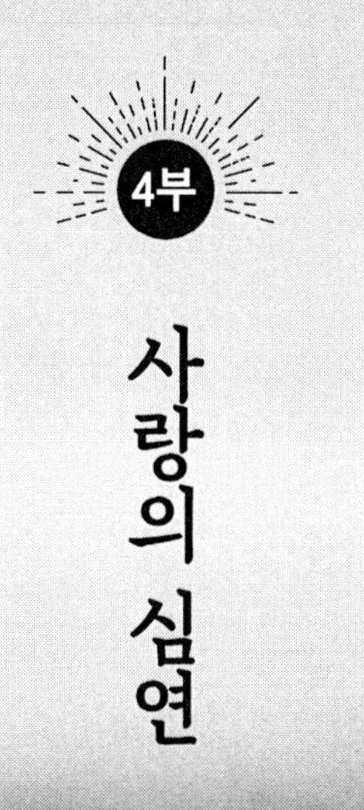
4부
사랑의 심연

# 먼지

작은 도시에 성처럼 세워진 청소년 센터에서 새롭게 일하게 되었다. 다른 기관에 비해 꽤 많은 연봉을 받을 수 있는 곳이었다. 드디어 가난에서 벗어나 여유로운 삶을 살며 엄마에게도 효도를 할 수 있으리라 생각했다.

그렇게 많은 임금을 받을 수 있었던 이유는 아무래도 소장의 정치적 입지 때문인 것 같았다. 소장은 지역의 유지로 불리며 정치하는 사람들과 두터운 친목 관계를 유지했다.

회사의 분위기는 아리송했다. 소장이 한 시간 정도 늦게 출근하면 직원들은 자리에서 벌떡 일어나 인사했고, 소장은 대꾸도 없이 직원들의 얼굴을 매섭게 흘겨보며 소장실로 들어갔다. 곧 소장이 "커피 가져와라!" 하고 소리치면 여자 직원이 커피를 준비해서 가져다드렸다.

서류 결재를 받기 위해서 직원들이 소장실로 들어갈 때면, 옷맵시를 추스르고, 헛기침으로 목 상태를 가다듬으며, 긴장된 표정으로 입장했다. 누군가 소장실로 들어갈 땐 사무실에 있는 직원들의 귀도 그곳으로 함께 들어갔다. 소장의 컨디션에 따라 결재받는 시간을 조율했기 때문이다.

입사 초기 내가 처음으로 결재받기 위해서 소장실로 들어갔을 때, 소장은 검토하지도 않고 다시 해오라고 소리쳤다. 나는 뭐가 문제인지 묻지도 못하고 자리로 돌아왔다. 그러자 윤 선생님이 내게 말했다. "소장실에 들어갈 땐, 노크를 세 번 하고 '소장님, 결재받으러 왔습니다.' 하면서 인사하고 들어가 보세요." 다음부터 그렇게 했더니 소장은 서류를 읽어 보았다.

소장은 부동산 임대 사업도 하셨다. 한 번은 퇴근하는 내게 이 선생님이 말했다. "방 구하고 계시죠? 소장님 방도 있으니 한번 생각해 보세요." 혹시 그의 집에 임대하지 않으면 업무상에 불이익이 생길까 봐 걱정되었지만, 아무래도 그가 집주인이라면 여러모로 불편할 것 같아서 거절했다. 그런데 소장은 센터의 주인이기도 한 것 같았다. 청소년을 위해서 마련된 농구장이 그의 전용 주차장으로 사용되는 것을 볼 때면 그런 생각이 들었고, 연차 수가 낮은 직원들을 모아 두고 열심히 일하지 않으면 해고당할 것이라는 겁박할 때면 그런 생각이 들었다.

직원들 사이에선 묘한 감정의 기류가 오고 가는 것이 느껴졌다. 서로가 사이좋게 지내는 것처럼 보여도 우의를 점령하기 위해서 신경전이 펼쳐지는 것 같았다. 그들이 웃으면서 건네는 말속에는 상대를 조롱하는 비방이 담겨 있었다.

한 번은 내가 속한 팀을 총괄하는 부장에게 여쭈었다. "왜 네트워크 폴더를 공유하지 않는 건가요?" 부장은 폴더를 공유하면 다른 팀에서 우리 문서를 열어보기 때문이라고 했다. 그래서 우리 팀원들끼리도 파일을 주고받지 못해서 따로 메신저를 사용했다. 경계심 때문에 업무의 전반적인 효율이 떨어지는 상황이었다. 이윤 창출을 목적으로 하는 회사가 아니었기 때문에 공유해서는 안 되는 문서가 있는 것이 아니었고, 팀 실적에 따라 보상이 달라지는 상황도 아니었다. 그저 상급자 간의 감시와 간섭, 견제와 자존심으로 인해 부하 직원들의 손발이 분주해질 뿐이었다. 그런 이유인지는 모르겠으나 이 회사는 유독 많은 사람들에게 결재받아야 했다. 사람마다 기준이 다르고, 그 기준도 기분에 따라 달라져서 간편한 업무가 처리되는 데 며칠이 걸리기도 했다. 회사 분위기가 성격에 맞지는 않았지만 나름대로 적응해보려 했다. 그러나 부장의 업무 추진 방식은 시간이 지나도 적응이 되지 않았다.

처음 입사했을 때 부장은 나를 없는 사람처럼 취급했다. 공손히 인사를 드려도 소장처럼 얼굴을 슥 훑겨볼 뿐이었다. 업무가 운영되는 동안에도 나는 투명 인간이 되어 있었고, 부장 앞자리에 앉아서 식사할 때도 마찬가지였다. 다른 분과 대화하시는 모습을 보면 본래 성격이 조용하신 편은 아닌 것 같았다. 그래서인지 부장의 침묵에는 신입인 나를 제압하려는 의도가 다분히 느껴졌다. 어쨌든 나는 내 할 일만 잘하면 된다고 생각했다. 불필요한 기세 다툼으로 에너지를 소비하고 싶은 마음이 없었다.

부장은 업무의 효율보다 표면적으로 드러나는 형태를 중요하게 생각했다. 소장이 출근하면 시도 때도 없이 나를 옆자리에 세워놓고는 이런저런 업무를 지도하는 모습을 보였다. 처음에는 중요한 지도라고 생각해서 귀를 기울였으나, 시간이 지날수록 업무와는 상관이 없는 불필요한 이야기를 하고 계신다는 것을 알았다. 무슨 말씀을 하시는 건지 알아들을 수가 없어서 질문하면 성급히 말을 자르고 입을 막았다. 그렇게 팀원들은 늘 입을 열지 못했다. 한참 동안 회의를 해도 말을 할 수 있는 사람은 부장뿐이었다. 청소년을 지도해야 하는 자리에서도 부장의 독점은 계속되었다. 담당 지도자가 있음에도 불구하고 지도를 개입해서 독점했고, 누구도 질문할 수 없도록 계속해서 발언했다. 학부모나 학교 교사와 상담할 때도 마찬가지였다. 부장은 마치 영어 수업을 하는 교실에 들어와 수학 수업을 가르치듯 다른 사람의 입장을 존중하지 않았다.

함께 일하기에 부장의 사고방식이 나와 맞지 않는다고 생각했다. 하지만 회사 생활이 내 뜻대로만 될 수 있는 것이 아니라고 생각하며, 어떻게든 부장과 잘 지내보려 했다. 그러나 부장이, 돌아가신 내 아버지와 홀로 계시는 어머니에 대한 관심을 보이며 이런저런 언질을 두려고 했던 그날 이후, 내 마음은 삐딱하게 토라져 버렸다. 민감한 마음의 속살을 함부로 훔쳐대는 기분이 들었기 때문이다. 부장은 그저 관심을 보인 것 같았지만, 나는 그동안 쌓인 불만과 함께 거센 분노의 마음이 돌풍처럼 일어났다.

부장에게 토라진 마음이 굳혀진 일이 있었다. 청소년이 사용해야 하는 공간에서 회의하고 있을 때였다. 마침 초등학생 아이들이 이곳에서 악기 연습을 해야 하는 시간이 되었고, 회의도 끝마친 상황이었기 때문에 자리에서 일어나 사무실로 돌아가면 되는 것이었다. 그런데 부장은 업무와 상관없는 이야기를 계속하며 시간을 끌었다. 아이들은 문 앞에서 자기보다 더 큰 악기를 몸에 지고 기다리고 있었다. 아무래도 부장이 상황을 모르는 것 같아서 "아이들이 기다리고 있어요."라고 말씀드렸다. 그러자 부장은 "아이들이 선생님을 기다리면서 긴장할 줄도 알아야 한다."라고 했다. 그 말을 듣고 나는 곧장 문을 열고 나가 버렸다.

기관이 청소년을 위해서 존재하는지 청소년이 기관을 위해서 존재하는지 의문이 들었다. 토라진 마음에 든 의문은 분노가 되었고, 나의 분노는 표면적으로 드러나기 시작했다. 부장이 나를 불러 옆자리에 세우려 할 때면, 여기에서도 들리니까 말씀하시라 했고, 업무와 상관없는 말씀을 하시면 듣는 체 하지 않았다. 회의할 때도 하고 싶은 말을 꼿꼿하게 뱉어내며 문제를 제기했다. 누가 봐도 태도가 딱딱해진 나를 사람들은 주시했다. 결국 같은 팀이었던 함 선생님이 나를 빈 교실로 불러냈다.

"선생님, 힘든 거 알고 있어요. 그렇지만 이런 식으로 하면 모두가 힘들어져요. 우리가 부장님께 맞춰야 합니다."

"어째서 의견을 조율하는 과정도 없이 일방적으로 순응을 해야 한단 말입니까. 저는 서로를 존중해야 한다고 생각합니다."

함 선생님과 나의 갈등은 고조되었고, 언성은 높아졌다. 그때 눈을 부릅뜬 부장이 문을 박차고 들어오면서 소리쳤다.

"뭐가 그렇게 불만이야!"

나는 앞만 보며 부장을 없는 사람 취급했다. 곧 함 선생님은 사무실로 돌아갔고, 그 자리에 부장이 앉았다.

"사람들 다 있는데 그렇게 목소리를 높이면 어떡해!"

"소통이 되지 않으니까 목소리가 높아지는 겁니다. 저는 소통을 하고 싶습니다."

그러자 부장은 이렇게 대답했다.

"사회적 통념이 있는 거야."

나는 그 말이 회사 생활을 하려면 허례허식을 따라야 하고, 강자의 위세를 유지하기 위해선 약자는 괴롭힘을 당해도 괜찮다는 말처럼 들렸다. 그런 회사 생활은 하고 싶지 않았다. 답답한 소통에 분노가 치밀어 오른 나는, 감정을 주체하지 못하고 사무실로 돌아갔다. 그리고 "더 이상 여기서 일 못하겠습니다." 하고 짐을 챙겨서 나와 버렸다.

집으로 걸어가는 길, 폭풍이 몰아치는 바다에 표류된 것처럼 마음이 울렁거렸다. 그 어지러운 멀미를 견디지 못해 방으로 들어선 동시에 쓰러졌다. 그대로 잠이 들어버렸으면 했지만, 열기가 가라앉지 않아 잠들지 못했다. 그때 나는 온통 뒤집힌 혼란을 견디지 못해 묵주를 잡고 기도했다. 그러다 잠이 들었고, 시간이 지나 눈을 떴을 땐 한 통의 문자 메시지가 들어와 있었다. '정상 출근하시기 바랍니다. 만나서 이야기합시다.'

왜 이런 일이 일어났는지 물어볼 것이 뻔했다. 나는 부족했던 행동에 정당성을 부여하기 위해서 부장의 문제를 낱낱이 기록한 문서를 준비했다. 맞을 것이 두려워서 준비한 치졸한 무기였다. 모든 것이 나의 불찰로 끝나버리는 것이 두려웠던 나는, 냉철하고도 야박했다.

다음 날 아침, 아무렇지 않게 출근했다. 누구도 내게 시선을 주지 않았지만 따가운 눈초리가 느껴졌다. 임원들의 면담이 순서대로 이루어졌다. 나는 그들에게 준비한 무기를 꺼내 밀었고, 그들은 나의 편이 되었다. 마치 한 친구를 욕하며 다른 친구들끼리 돈독해지는 경우 같았다. 그리고 부장과도 마주 앉아 문서에 적힌 내용을 읽었다. 잔혹한 나의 난도질이었다. 부장은 얼굴이 붉어진 채로 "나도 너처럼 젊었을 때는 문서를 준비해서 브리핑할 수 있었다."라고 했다. 우리는 끝까지 소통이 되지 않았다.

결국 부장과 나는 같은 날 병원 신세를 지게 되었다. 몸살 기운이 심해서 가만히 침상에 누워 있었는데, 문득 부장 앞에서 문서를 꺼내 읽은 장면이 떠올라 눈물이 흘러내렸다. 마치 아빠를 때린 것만 같은 기분이 들었기 때문이다.

부장은 아빠와 사뭇 닮아 있었다. 부장의 나이는 아빠가 돌아가신 나이와 같았고, 외모와 체격도 비슷했다. 무엇보다 부장에게서는 아빠의 약함과 부족함이 느껴졌다. 그런 부장의 마음을 아프게 한 것이, 치매로 고생하신 아빠를 밀쳤을 때처럼 느껴졌다. 부장을 향했던 내 혓바늘의 잔혹한 난도질은 고스란히 내 마음으로 돌아왔다.

시간이 지나 정해진 날짜에 퇴사하게 되었다. 그동안 부장과는 별다른 교류가 없었다. 나는 마지막 퇴근을 하며 부장에게 고개 숙여 인사를 드렸다. 부장은 내게 손을 내밀며 악수를 청했다. 우리는 서로의 손을 맞잡았지만 미안한 마음은 표현하지 못했다.

회사를 그만두고 엄마 집으로 돌아왔다. 삶의 방향을 모두 잃어버린 기분이었다. 아무런 의욕도 없었고, 시든 꽃처럼 풀이 죽어 있었다. 잿더미처럼 푸석한 영혼이 한낱 바람에 흩날려 사라질 것만 같은 기분이었다. 아무것도 할 수 없는데, 아무것도 하지 않는 것도 할 수 없었다. 온종일 방안에만 갇혀 피폐한 나날을 보낼 뿐이었다. 그러던 어느 날, 나는 엄마의 얼굴을 보면서 이렇게 말했다.

"아무것도 할 수가 없다."

그러자 엄마는 이렇게 답했다.

"하느님 없이는 아무것도 할 수 없는 것이 너의 본연의 모습이다."

엄마의 말은 정확히 나의 상태를 간파했다. 하느님 없이는 아무것도 할 수 없었던 그때의 나는, 방바닥에 소복이 쌓인 먼지일 뿐이었다.

그래서 하느님께 기도했다.

"사람을 사랑할 수 있게 해주세요."

# 눈과 마음

헬스장에서 운동하고 있을 때였다. 갑자기 얼굴이 하얗게 질린 엄마가 나를 찾아왔다. 엄마의 눈동자에는 공포심이 서려 있었다. 한 번도 본 적이 없었던 엄마의 모습에 놀란 내가 물었다.

"엄마? 무슨 일인데?"

"아이고, 됐다, 됐어."

멋쩍은 미소를 지으며 거친 호흡을 가다듬던 엄마는, 곧 무슨 일이 있었는지 알려주었다.

내가 집을 나선 뒤, 얼마 후 한 통의 전화가 걸려 왔다. "재환이가 몽둥이로 두들겨 맞아서 피투성이가 되었습니다." 낯선 남자의 투박한 말투를 이상하게 여긴 엄마는 "그래서요?"라고 했다. 그러자 그는 전화를 끊어버렸다. 엄마는, 방금 운동하러 간다고 했던 아들이 그런 일을 당했을 리가 없다고 생각하면서도, 혹시나 하는 마음이 들어서 나를 찾아온 것이었다. 아들이 헬스장에 있기만을 바라며 초조한 마음으로 거리를 걷고, 3층 높이의 계단을 단숨에 걸어온 엄마를 생각하니 가슴이 먹먹했다.

그런데 애석하게도 그때의 나는, 분노와 비통함을 느끼면서도 미묘한 만족감을 느꼈다. 핏기가 없을 만큼 사색이 된 엄마를 보면서도 어째서 나는 만족감을 느꼈던 걸까? 시간이 지나 생각해 본 것은 '내가 걱정되어 숨이 차도록 달려온 엄마의 모습을, 어쩌면 나의 무의식이 바란 것은 아니었을까.' 하는 것이었다.

언제부턴가 나는 엄마에게 어떠한 모습과 태도를 바랐다. 다정한 말투로 나를 살갑게 대해주기를 바라고, 늦으면 전화해 주기를 바라고, 걱정하며 보살펴주기를 바랐다. 엄마는 그런 것들이 간섭이라고 생각했지만 나는 관심이라고 생각했다. 거짓에 대한 거부감이 강한 엄마는, 엄마에게 없는 성향을 억지로 내색할 수는 없었다. 또 살가움을 느껴본 일이 없었기 때문에 다정한 표현은 어색했다.

그런데도 엄마는 노력해 주었다. 내가 관심을 느낄 수 있도록 보살펴주었다. 그런데 나는 그럴 때면 "내가 알아서 할게."라고 했다. 이러면 이런다고 싫어하고, 저러면 저런다고 싫어하는 것은 나였다.

그날도 나는 엄마에게 서운하다고 말하고 있었다. '엄마가 어떻게 그럴 수 있냐고, 나에게 관심은 있냐고, 엄마라면 나에게 잘해주어야 하는 것 아니냐고, 엄마니까 표현해야 하는 거라고.' 그렇게 엄마를 괴롭히면서도 나는 아들이니까 엄마에게 바랄 수 있다고 했다. 엄마는 아빠와 내가 똑같다고 말하면서 도대체 어떻게 해야 할지 모르겠다고 했다. 그런 엄마에게 나는 가르치듯 말했다.

"그럼 하느님께 청해서라도 잘해줄 수 있도록 해야지."

엄마는 서럽게 울었다.

엄마가 앓는 소리까지 내며 우는 모습을 보고 있으니 정신이 번쩍 들었다. '이래선 안 된다. 정신을 차려야 한다.' 결국 나는 엄마의 가슴에 대못을 박고서야 내게 문제가 있다는 것을 깨달았다.

언제부턴가 엄마를 향한 나의 마음이 틀어진 이유는, '엄마라면 어떻게 해주어야 한다.'라는 관계적 당위를 가지기 시작했기 때문이었다. 그것은 엄마에게만 해당하는 것은 아니었다. 누구든 원하는 관계의 그림을 그리는 순간, 나는 진실한 사랑의 관계를 맺지 못했다. 그를 사랑하는 것이 아니라 나를 위해 만들어진 그를 사랑하려고 했기 때문이다. 사람을 만나도 사랑을 느끼지 못했던 그때의 내게 필요한 것은 관점의 변화였다.

진실한 사랑의 관계를 회복하고 싶었던 어느 날, 방 안에 앉아서 가만히 기도하고 있었다. 그런데 문득 '어떤 카메라로 사진을 찍으면 예쁜 사진이 나올까?' 하는 의문이 들었다. 곧 내린 주관적인 답은 필름 카메라였다. 그래서 며칠 전 엄마가 정리해둔, 엄마의 사진첩을 열어보았다.

첫 장을 열어보니 낡은 흑백사진이 한 장 있었다. 사진 속에는 성별이 구분되지 않는 아기가 있었다. 그 아기는 첫돌을 맞이한 엄마였다. 다리가 몽글몽글한 엄마를 보고 있으니 흐뭇한 미소가 지어졌다.

계속해서 사진첩을 넘겼다. 단발머리에 긴 치마를 입고 있는 소녀가 나왔다. 영락없이 촌스러운 소녀는 학창 시절의 엄마였다. 친구들과 어울리며 수줍은 미소를 짓고 있는 엄마를 보고 있으니 입가에 미소가 번지면서도 애잔한 마음이 들었다. 이렇게 순수한 소녀가 앞으로 어떤 삶을 살게 되는지, 내가 알고 있었기 때문이다. 고생하며 살아온 엄마를 생각하니 가슴이 먹먹했다.

사진첩을 또 한 장 넘겨보니 아빠의 사진이 나왔다. 아빠는 순박한 청년이었고, 눈망울이 선한 사람이었다. 그런 아빠와 엄마는 결혼했고, 누나와 나를 낳았다. 엄마의 인생은, 사진첩의 분량처럼 반 이상이 우리와 함께한 시간이었다. 우여곡절도 많았지만 나는 엄마와 아빠의 아들로 태어난 것이 감사했다.

아기였던 엄마는 소녀가 되었고, 소녀였던 엄마는 어른이 되었다. 그리고 남자를 만나 결혼했고, 두 아이의 엄마가 되었다. 머리가 보글보글한 엄마는 누나와 나를 사랑스럽게 안아주었고, 놀이동산으로 데려가 재미있는 놀이기구도 태워주었다. 동물원에 앉아 있는 엄마와 나는 뒷모습이 닮아 있었고, 운동회에서 손과 발이 서로에게 묶인 채, 어설프게 달리고 있던 엄마와 나는 같은 표정으로 웃고 있었다. '그런 엄마를 내가 원망했었다니…' 죄송한 마음이 들어서 눈물이 흘러내렸다.

세월의 순서대로 정리되어 있던 엄마의 사진첩을 한 장 한 장 넘길 때마다 엄마는 늙어갔다. 그러나 엄마의 얼굴은 점점 더 밝게 빛나고 있었다.

그때 나는 엄마를 그저 '한 사람'으로 보고 있었다. 아무리 약하고 부족해도 존재 자체로 사랑스러웠던 엄마는, 엄마이기 전에 한 아이였고, 소녀였으며, 사람이었다. 그런 엄마를 바라보고 있던 나의 시선은 평소와는 사뭇 달랐다. 그것은 아마도 우리를 바라보시는 '하느님의 시선'이 아니었을까.

*

사람이 그저 한 사람으로 보일 때면 그들 안에 있는 상처도 함께 보였다. 어떤 때는 거리를 걷는 사람들이 다친 환자들처럼 느껴졌다. 하지만 나는 그들을 위해서 무엇을 어떻게 해야 할지 몰랐다. SNS를 통해서 알게 된 은주도 마찬가지였다.

은주는 나의 글을 읽고 위로받았다며 고맙다는 메시지를 보내주었다. 그리고 이런 자기의 이야기를 들려주었다.

은주가 학원에서 공부하고 있을 때, 한 통의 전화가 걸려 왔다. 은주는 공부를 하고 있어서 전화를 받지 못했다. 그런데 그 전화는, 할머니와 연락이 되지 않으니 집으로 가보라는 엄마의 전화였다. 그때 할머니는 이미 돌아가신 상태였다. 그날 이후, 은주는 자기 때문에 할머니가 돌아가신 것만 같은 죄책감을 느꼈다. 그런데 가족들은 은주를 꾸짖기만 했다는 것이 은주의 말이었다. 은주는 죄책감과 원망 때문에 힘들어했다. 그래서 죽고 싶다고 생각하면서 자해했다.

은주의 이야기만 듣고서는 사실 여부를 알 수가 없고, 또 은주의 목적이 무엇인지도 명확히 알 수는 없었지만, 어떤 경우였든 은주의 상황은 안타까웠다. 그러나 나는 은주에게 해줄 수 있는 것이 없었다. 더구나 자살을 생각하는 아이에게 섣부른 말을 해서도 안 된다고 생각했다. 그래서 나는 은주에게 전문가와 상담할 것을 제안했다. 은주는 고맙게도 나의 의견을 존중해 주었다.

세상에는 수없이 많은 사람이 다양한 아픔을 지니고 있었다. 시대는 편리해졌지만, 사람들의 영혼은 더욱 허기진 것 같았다. 그중에서도 자라나는 아이들이 과도한 경쟁과 억압, 폭력과 방임으로 고통받는 것을 볼 때면 마음이 아팠다.

마침 이웃의 아픔이 나의 아픔으로 느껴져 마음이 무거운 시기를 보내고 있었을 때, 성당 청년회에서 준비한 기도회 프로그램에 참여하게 되었다.

불 꺼진 공간에는 촛불만이 빛을 밝히고 있었다. 은은한 빛처럼 내 마음도 차분히 가라앉았다. 고요한 시간에 젖어 들었을 때, '무엇을 위해서 또 누구를 위해서 기도해야 할까?' 하는 생각이 들었다. 그때 마침 떠오른 사람은 은주였다. 그래서 나는 은주와, 어려운 상황에 있는 청소년을 위해서 기도했다.

"마음이 힘겨운 아이들을 위해서 기도드립니다."라고 말하는 순간, 마음 안에서 뜨거운 연민이 솟구쳐 올라 말을 멈출 수밖에 없었다. 숨을 고르고 다시 기도를 이어가려고 애를 썼지만, 소용이 없었다. 결국 아무런 말도 하지 못하고 숨을 껄떡이며 울어버렸다. 함께 있던 청년들은 침묵을 지키며 나를 기다려 주었다. 곧 옆에 있던 동생이 건네준 휴지로 눈물을 닦고, 숨을 깊이 고른 뒤 다시 기도를 이어갔다.

"아이들의 마음을 위로해 주세요. 아무리 괴로워도 자기를 해치지 않게 해주세요. 절망에 빠진 아이들에게 희망을 주세요. 어둠 속에 있는 아이들에게 빛을 비추어 주세요."

그렇게 기도하는 동안 내 가슴은, 마치 데운 물을 마신 것처럼 뜨거웠다. 두 볼을 따라 흘러내린 눈물도 마찬가지였다. 사람들 앞에서 엉엉 울어버린 것은 민망했지만, 마음은 개운했다. 곧 기도회를 마치고 밖으로 나가려는 순간, 학생이었지만 이제는 같은 청년이 된 준영이가 말했다.

"다른 사람을 위해서 눈물을 흘리면서 기도하는 모습이 마치 예수님 같았어요."

죄 많은 내가 듣기에는 송구한 마음이 들 수밖에 없는 말이었지만, 공감되었다. 기도하는 동안 나도 예수님의 마음을 느꼈기 때문이다.

며칠 뒤, 나는 불 꺼진 성전에 홀로 앉아 이렇게 기도했다.

'당신이 아파하는 그곳으로 보내주세요. 그곳에서 해야 할 일을 할 수 있게 해주세요.'

# 대립

주민들이 사는 좁은 골목에 작은 건물이 하나 있었다. 주로 취약계층의 아이들을 돌보아 주는 청소년 센터였다. 나는 이곳에서 5학년 담임을 맡게 되었다.

처음 출근한 날, 센터 안에는 햇살을 따라 스며든 무지개가 피어 있었다. 그 무지개를 보았을 때, 나는 로마에서 보았던 무지개가 떠올라 희망을 느꼈다. 그러나 현실은 느낌과 달랐다. 입사 며칠 후, 새벽 네 시까지 서류를 정리해야 했고, 본적도 없는 아이의 상담 내역을 꾸며내야 했다. 이전 선생님이 일하지 않은 탓이라고 들었지만, 아무래도 운영방식에 문제가 있는 것 같았다.

먼저 눈에 띈 문제는 자동차였다. 매일 아이들을 태워야 하는 자동차는 시동이 잘 걸리지 않았다. 그 차는 내가 입사하기 전, 도로 한가운데에서 멈춰 선 일도 있었다. 그만큼 두려운 문제는 브레이크가 잘 들지 않는 것이었다. 부드럽게 밟아서는 멈추지 않고 콱 밟아야만 멈추었다. 그런 브레이크의 상태는 지도자의 통제 방식과도 닮아있었다. 괴성을 지르는 것으로 아이들을 멈춰 세웠기 때문이다. 공동체를 운영하기 위해서는 통제가 필요했다. 하지만 조용해진 아이들에게 핏대를 세우면서까지 소리를 지르는 모습을 볼 때면, 그 정도가 심해서 도대체 무슨 마음으로 소리를 지르는가, 하는 의문이 들었다. 한 부분만 보고 전체를 판단할 순 없지만, 아무래도 지도 방식에 문제가 있는 것 같았다.

어느 날, 한 아이가 내게 말했다. "선생님이 오시기 전엔 화장실에 가고 싶다는 말을 못 해서 오줌을 싼 아이도 있었어요." 아이의 말만 듣고 사실 여부를 알 순 없었지만, 그럴 만도 하다는 생각이 들었다. 여러 정황이 아이의 말을 뒷받침했기 때문이다.

우선 이곳에는 관리자가 없었다. 실무자만 있었는데, 그들이 무엇을 하든 관여하는 사람은 없었다. CCTV도 없었기 때문에 어떤 상황이 일어나도 확인할 방법도 없었다. 지도자의 행동이 자유로운 환경은 아이들에게 득이 될 수도 있고, 독이 될 수도 있는 상황이었다. 안타까운 것은 지도자의 훈육 방침이 지극히 개인적인 것이었다. 아이들이 노크를 세 번 하면 지적하지 않고, 두 번 하면 지적했다. 급식받을 때 '감사합니다.' 하면 지적하지 않고, '잘 먹겠습니다.' 하면 지적했다. 나로서는 이해가 되지 않는 기준이었다.

학습 방침도 이해가 되지 않았다. 활동 프로그램을 제공하는 것이 사업의 목적이었음에도 불구하고, 몇 시간이나 암기식 과목을 풀도록 지도하는 것을 볼 때면, 학습이 통제의 수단이라는 생각만 들었다. 발산이 필요한 아이들에게 통제만 강행하는 것은, 체한 아이에게 밥을 퍼먹이는 것과 같았다. 실제로 어떤 지도자는 내게 이런 말도 했다. "선생님이 오기 전엔 아이들 입에 밥을 퍼 넣었어요. 지금은 통제하는 것도 아니에요."

나에게는 고문처럼 느껴졌던 급식 지도는 나름의 명분이 있었다. 그것은 빈 그릇 운동이었다. 취지는 좋았으나 목적은 그것이 아니었다. 식사 시간이 되면 아이들은 물 받을 시간도 없이 음식을 받아야 했다. 빨리 배식받아야 했기 때문인데, 빨리 움직이면 혼이 났다. 빈 그릇 운동인데 먹을 만큼만 음식을 받을 순 없었다. 지도자가 퍼주는 만큼 음식을 다 받아먹어야 했다. 식사 시간이 끝났을 때, 음식을 다 먹지 못했거나 음식을 입에 물고 있으면 혼이 났다.

매운 음식을 먹어도 물을 마실 수 없었다. 식사 중에는 물을 받을 수 없었기 때문이다. 서른 명쯤 되는 아이들은 십 분 만에 밥을 다 먹어야 했다. 종례하지 않으면 그나마 시간을 벌 수 있었기 때문에 웬만하면 하지 않았다. 허겁지겁 밥을 집어삼키는 아이들의 모습을 볼 때면, 아이들을 위해서 급식이 존재하는지, 급식을 위해서 아이들이 존재하는지 의문이었다. 나와 아이들은 늘 채기를 느끼며 식사를 마쳤지만, 실장은 여유가 있었다. 급식 시간 전, 이미 느긋한 식사를 마쳤기 때문이다.

식사가 끝나면 곧장 귀가 차량에 탑승했다. 이 시간이 늦어지면 더욱 괴성을 질렀다. 그렇게 정신없이 아이들을 집으로 바래다주고 돌아오면, 지도자들은 항상 이십 분 일찍 퇴근했다.

늘 그렇듯 어른들이 감춘 문제는 아이들을 통해서 드러났다. 무리를 지어 한 친구를 소외시키는 아이, 친구의 얼굴을 주먹으로 때린 아이, 가출한 아이, 도둑질한 아이, 점심시간이 되어서야 등교한 아이 등. 다양한 문제를 지닌 아이들에게는 지도가 필요했지만, 소통이 되지 않았다. 이야기를 듣지 않고 자기 말만 했기 때문이다. 강사들은 소리를 지르는 아이들을 버거워했다. 여러 곳에서 수업했지만 이런 아이들은 처음이라며 학을 뗐다. 분노에 찬 얼굴로 내게 항의하는 강사들의 마음을 나는 공감할 수 있었다. 나도 그런 생각을 하고 있었기 때문이다. 그래서 일찌감치 일을 그만둘까 하는 생각도 했다. 지도가 버거운데 지도 협력도 버거울 것 같았기 때문이다. 하지만 내 마음을 이곳에 머물게 한 아이가 있었다. 가장 작고 여린 재민이었다. 재민이는 두렵고 혼란스러울 때, 책상 밑으로 숨는 아이였다. 그럴 때마다 나는 재민이에게 손을 내밀었다. 그리고 안아주고 업어주었다. 태어나면서부터 부모와 이별하게 된 재민이는 유독 나를 잘 따랐다. 그런 재민이를 남겨두고 이곳을 떠날 수는 없었다. 그래서 나는, 해야 할 일을 할 수 있는 데까지 해보기로 다짐했다.

가장 먼저 한 일은 '노는 것'이었다. 마침 가까운 곳에 놀이터가 있어서 안전하게 놀 수 있었다. 아이들은 자유롭게 뛰어놀 때, 가르치지 않아도 배웠다.

다음은 '상담'이었다. 소통이 필요한 사람은 누구나 상담을 신청할 수 있도록 했다. 아쉬운 것은 상담 공간이었다. 하나뿐인 상담실은 사무실 안에 있었다. 또 문이 없었기 때문에 상담 내용이 공유되었다. 그래서 의자를 밖으로 빼내어 거실에서 상담했다. 그러자 아이들은 차마 입에 담기 버거운 사연들을 꺼내놓았다.

그 사연은 대체로 가정과 관련된 것이었다. 부모에게 버림받은 아이, 부모의 죽음을 지켜본 아이, 부모의 다툼에 노출된 아이, 부모가 이혼한 아이 등. 아이들의 아픔은 홀로 감당하기에 버거운 것이었다. 그래서 보호자와도 상담했다. 부모의 아픔이 곧 아이들의 아픔이었기 때문이다. 아이들보다 깊은 상처를 오랜 시간 간직해 온 부모님은 아이에게 미안하다며 눈물을 흘렸다.

상처가 깊은 아이들은 잔혹한 악몽을 꾸고, 이상한 형상을 보고, 알아들을 수 없는 말을 속삭이며 웃었다. 이처럼 증상이 뚜렷한 아이들은 상담 기관에 연계했다. 몸과 마음이 아픈 아이들은 나를 자주 찾아왔다. 그럴 때면 새살이 돋아날 수 있도록 마음을 보듬어주었다.

그리고 한 일은 '지도'였다. 무엇보다 아이들이 먼저 배워야 할 것은 '소통'이었다. 듣지 않고 말만 하는 대화는 소통이 되지 않았기 때문이다. 지도자가 한마디를 하면 아이들은 열 마디를 했다. 그렇게 내 말을 자를 때면 나는 아무런 말을 하지 않았다. 곧 긴장감에 아이들이 조용해지면 다시 말을 이었다. 내가 아이들에게 가르치고 싶었던 것은 듣는 것이었다. 그래서 우리는 매일 10분씩 명상했다. 자기를 조절하며 듣는 연습을 한 것이다. 또 명상을 통해 하루를 돌아보며 생각과 감정을 살폈다. 마무리는 항상 자기와 옆에 있는 친구를 손으로 다독이며 수고했다는 말을 전하는 것이었다.

그런데도 아이들은 불쑥 말을 자를 때가 있었다. 여전히 소통이 서툰 아이들에게 필요한 것은 때를 기다리는 것이었다. 그래서 우리는 하고 싶은 말이 있을 때 손을 들고 발언을 요청하도록 했다. 누군가 말을 하고 있을 땐 말을 할 수 없고, 그의 말이 끝나면 순서에 따라 발언했다. 또 '나의 역사 이야기'라는 프로그램을 만들어 한 명씩 발언했다. 내 삶의 인상 깊은 에피소드를 말하는 프로그램이었다. 그렇게 떠들던 아이들도 친구들 앞에만 서면 조용했다. 그러나 내용은 대범했다. 닮은 경험 속에서 같은 감정을 느낀 아이들은 서로의 이야기를 들으며 고개를 끄덕였다.

무엇보다 소통을 지도하고 싶었던 이유는, 아이들에게 가장 필요로 하는 것이 '관계'였기 때문이다. 어울리고 싶은데 어울리는 방법을 몰랐던 아이들은 관계가 서툴렀다. 그래서 공동체 의식을 지도했다. 서로의 입장을 이해하고, 존중하며, 배려할 수 있도록 지도했다. 아이들은 서로를 도울 때 마음이 안정되는 것 같았다. 또 긍정이든 부정이든 감정이 전이될 수 있다고 이야기해주었다. 삶과 사람에게 관심이 많았던 아이들은 꽤 심오한 이야기를 잘 이해했다. 그럴 때면 아이들이 부족한 것이 아니라 서열 중심의 교육이 부족한 것은 아닌가 하는 생각도 들었다.

공동체 의식을 지도하기 위해선 규칙이 필요했다. 이미 사소한 규칙들이 있었지만, 아이들은 공감되지 않는 기준을 따르지 않았다. 그래서 새로운 규칙을 함께 만들었다. 누구든 건의를 할 수 있게 했고, 안건이 모이면 토론했다. 논쟁하고 설득하며 합리적인 방안을 규칙으로 선정했다. 필요성을 공감한 규칙을 아이들은 잘 지켜냈다.

'늦으면 미리 연락하기. 스스로 처벌 수행하기. 급식받을 때 정해진 최소한의 양을 받고, 그 이상은 다 먹을 수 있는 만큼만 받아서 다 먹기. 물과 음식 나눌 수 있기. 자율학습 때, 모르는 것이 있으면 서로에게 물어보고 가르쳐주기. 어떤 학습이든 발달에 도움이 되면 추진하기 등.' 이 외에도 다양한 규칙을 함께 정했고, 다른 지도자의 동의가 필요한 경우 함께 소통했다. 합의된 규칙은 공동체 의식에 도움이 되었다. 그러나 규칙이 사람보다 중요해질 때가 있었다. 어쩔 수 없이 규칙을 따르지 못한 친구를 나무랄 때가 그랬다. 그럴 때면 규칙이 완전하지 않고, 때에 따라 관대가 필요하다고 이야기해주었다. 그런데도 아이들은 규칙을 우선하며 이기적으로 행동할 때가 있었다. 그럴 땐 지도자의 희생이 불가피했다.

긍정적인 관계가 형성되기 위해선 갈등과 화해가 필요했다. 그래서 우리는 한 해의 학급 목표를 '미안함과 고마움 전하기'로 했다. 그것이 관계의 접착제 역할을 해준다고 믿었기 때문이다. 대부분의 아이들은 나의 지도 방침을 잘 따라주었다. 그러나 거부반응을 보이는 두 아이도 있었다. 보육원에서 살고 있는 윤이와 진이였다.

두 아이는 서열을 나누고 편을 가르는 것이 익숙해 보였다. 그런 상황에서 나의 지도 방침을 따른다는 것은, 삶이 무너지는 느낌을 줄 수 있는 상황이었다. 하지만 두 아이도 긍정적인 관계를 원한다고 느꼈다. 나와 있을 땐 천진한 얼굴로 장난을 치면서도, 친구들만 있으면 적대적인 모습을 보였기 때문이다. 어쩌면 긍정적인 관계가 두려울 수 있었던 두 아이에겐 시간이 필요했다. 그래서 관여 없이 놓아두고 싶었지만, 사업 현실이 그렇지 못했다. 아이들이 작성해야 할 서류가 밀리지 않도록 압박받아야 했기 때문이다. 공동체의 지도 현실은 개별성을 존중할 수 없는 경우가 많았다. 그런 현실에 두 아이는 더욱 저항감을 표출했다. 그럴 때면 나는 아이들을 나무라야 했다. 아이들의 잘못이 아닌데 아이들을 탓해야만 하는 상황에 애가 탔던 나는, 격해진 감정을 주체하지 못하고 폭력적인 모습을 보인 때가 있었다. 그날, 내가 소리를 지르며 책상 위에 책을 집어 던졌을 때, 윤이는 쌓인 울분을 토해내듯 펑펑 울었다.

그날 이후, 나는 보육원 책임자와 만나 아이들이 겪고 있는 어려움에 대해 소통했다. 일상이 통제의 연속인 아이들은 긍정적인 관계를 형성할 마음의 여유가 부족하다는 내용이었다. 결국 두 아이는 이곳을 떠나 조금이라도 여유 있는 생활을 하기로 했다. 아이들은 해방된 것처럼 기뻐했다. 마지막 날, 우리는 서로에게 미안하고 고맙다는 말을 전하며 화해했다. 웃으면서 떠나는 아이들의 모습을 보았을 때, 가슴은 아팠지만 잘된 일이라고 생각했다.

부족한 내가 미숙한 아이들을 돌본다는 것은 힘겨운 일이었다. 그러나 행복한 일이었다. 소외당하던 아이가 소외당하지 않고, 폭력적이던 아이들이 싸우지 않고, 서로를 미워하던 아이들이 서로를 존중하고, 괴성을 지르던 아이들이 함께 노래할 때, 아이가 밝아져서 가정이 화목해졌다며 기뻐하던 학부모님의 목소리를 들었을 때, 책상 밑으로 숨어들던 재민이가 더 이상 숨지 않을 때, 그런 때가 있었기 때문에 나는 힘들어도 행복했다.

한 해를 마무리하게 되었던 날, 우리는 둥글게 마주 앉아 서로에게 편지를 썼고, 그 편지를 읽으며 함께 웃고 울었다. 그리고 근사한 레스토랑에서 함께 식사했다. 아이들은 먹고 싶은 음식을 마음껏 먹었고, 맛있는 음식을 접시에 담아 지도자들에게 나누어 주었다.

식사를 하기 전, 어떤 아이들은 가르쳐준 적도 없는 십자 성호를 이상하게 그으며 나를 따라 했다. 그런 아이들의 모습을 보고 있으니 마음 안에 평화가 가득 차 미소가 절로 지어졌다.

그날 내가 아이들과 함께했던 식사는 풍성한 잔치이자 평화로운 만찬이었다.

# 만찬

성당 게시판에 포스터가 한 장 붙어 있었다.

성모당 봉헌 100주년 기념 ‘루르드 문학 미술제’

• 공모주제: 성모님에 대한 공경과 사랑, 성모신심을 통한 신앙체험, 어머니에 대한 사랑, 성모당 관련 주제

• 분야: 문학, 미술

• 주최: 천주교대구대교구

포스터를 확인한 순간 내 마음 안에는 공모전에 참여하고 싶은 욕구가 일어났다. 얼마 전 엄마를 그저 한 사람으로 보았던 체험이 떠올랐기 때문이다. 그래서 일을 마치고 집으로 돌아와 ‘어머니에 대한 사랑’을 주제로 수기를 작성했다. 곧 글이 마감되어 문학부문에 ‘한 사람’이라는 제목으로 접수했다. 그리고 얼마 후 한 통의 전화가 걸려 왔다.

"여보세요."

"안녕하세요. 김재환 씨 맞나요?"

"네, 맞습니다."

"루르드 문학 미술제에 '한 사람' 공모하셨죠?"

"네!"

"금상을 수상하게 되셔서 전화드렸어요. 축하합니다."

"정말요? 감사합니다."

"다음 주 토요일 저녁 7시에 시상식이 있는데 참석 가능하신가요?"

"네, 참석하겠습니다."

마음 안에 가득 찬 기쁨은 여기저기로 흘러넘쳤다.

며칠 후 시상식 당일이 되었다. 성모당에는 많은 사람이 모여 있었다. 라디오 인터뷰를 하며 만났던 아나운서, 행사를 추진하는 직원들, 한복 입은 아이들, 오케스트라 연주자들, 신부님과 수녀님들 그리고 다양한 사람들. 또 풍선을 들고 서 있는 청년회 회원들과 민지, 엄마와 누나, 이모와 이모부, 삼촌과 숙모, 사촌 동생과 조카들까지. 그들이 있었기에 행사는 더욱 풍성한 잔치가 되었다. 나는 가족과 친구들에게 감사하다는 말을 전하고 자리에 앉았다. 그리고 가만히 앞쪽을 보고 있는데, 문득 설움이 씻기는 기분이 들었다. 어릴 적 슬픈 날이나 기쁜 날이나 홀로 있는 느낌을 받은 날들이 많았는데, 지금은 이렇게 많은 사람이 나와 함께 하고 있으니 그동안 묵혀 있던 설움이 단번에 씻겨 눈물이 솟구쳤다. 기쁜 날 사랑하는 사람과 함께 할 수 있다는 것은 정말 큰 축복이었다.

잠시 후 시상식이 진행되었다. 수상자는 이름이 불리면 앞으로 나와 상을 받으면 되었다. 수상자는 모두 스물두 명이었다. 곧 아나운서는 각 분야의 수상자를 호명했다. 입상, 동상, 은상 순서로 수상자들이 상을 받고, 이제는 내 이름이 불릴 차례가 되었다.

“다음은 금상 시상이 있겠습니다. 시상은 대주교님께서 하시겠습니다. 수상자는 김재환 안드레아입니다.”

함께 있던 사람들은 환호하며 박수를 쳐주었다. 나는 미소를 지으며 앞으로 걸어갔다. 그리고 대주교님 앞에 섰다. 주교님은 내게 상을 건네며 “축하합니다.”라고 했고, 나는 “감사합니다.”라고 했다. 곧 뒤로 돌아선 나는 주교님과 함께 사진 촬영을 했다. 마치 연예인이 되어 포토 세례를 받는 기분이었다.

거룩한 날, 거룩한 땅에서 주교님께 상을 받는 기분은 황홀했다. 여기 있는 사람들과 이대로 이곳에 머물렀으면 하는 마음이 들 정도였다. 그러나 한편으로는 어떠한 의무감도 느꼈다. 내게 이루어진 삶이 나만의 것이 아니라는 생각이 들었기 때문이다. 그래서인지 내가 받은 상은, 문학 부문의 금상이 아닌 삶을 나누어야 한다는 임명장처럼 느껴졌다.

시상을 마치고 자리로 돌아온 나는, 푸른 풀밭에 앉아 오케스트라 연주를 들으며, 바람 따라 흔들리는 초록빛의 싱그러운 나뭇잎을 바라보았다. 그 영롱한 광경을 바라보며 아름다운 선율을 듣고 있으니, 마음 안에 평온함이 밀려들었다.

마치 천상 낙원에 앉아 있는 것만 같은 기분이었다.

*

시상식에 참여했던 날, 나는 청년 성서모임 탈출기 연수 중이었다. 수상을 위해서 잠시 시간을 내어 성모당에 다녀온 것이었다. 창세기 연수 땐 불평불만이 많았지만, 이번에는 달랐다. 마음이 그때와 달리 풍요로웠기 때문이다. 그런데 신기한 것은 풍요로운 상태에서 아쉬움을 느끼는 것이었다. 그것은 창세기 연수 때 만났던 위로의 하느님을 느끼지 못하는 이유였다. 그때 나는, 아무리 마음이 풍요로워도 하느님을 느끼지 못하면 온전히 만족할 수 없다는 것을 알았다.

마침 신부님께서 광야에 대해 강의를 하셨다. 광야는 결핍 속에서 정화되고 성장되는 곳이었다. 나는 광야에 대한 강의를 들으며, 결핍과 채움이 공존해야 하느님을 알 수 있고, 하느님을 알고 느껴야 만족할 수 있다고 생각했다. 결핍의 필요성을 체감하고 있었던 나는, 역설적으로 마음이 풍요로운 상태였다. 그러나 하느님을 느끼지 못하는 상태였다. 그런 내겐 결핍되었을 때나 채워졌을 때나 하느님을 느낄 수 있는 성장이 필요했다.

하느님을 느끼지 못하는 풍요는 교만이 되었다. 그때 내 마음에는 '남들보다 내가 하느님을 더 잘 안다'라는 의식이 가득했다. 그런 의식이 드는 이유는 '나는 하느님을 체험한 사람이고, 그런 사람은 특별하다.'라는 생각을 했기 때문이었다. 이런 내 마음에 문제가 있다고 생각했던 나는, 고해성사를 통해 지금의 상태를 고백했다. 그러자 신부님은 내게 이런 말씀을 하셨다.

"예수님을 만난 사람은 많습니다. 그러나 모두 예수님처럼 사는 것은 아닙니다. 소중한 체험이 있었다면 더욱 예수님처럼 살아야 하겠습니다."

고해를 마치고 생각에 잠겨 있었던 나는, 곧 내가 감당해야 할 일들이 일어날 것 같다는 예감을 했다. 그러나 두렵지는 않았다. 마음이 든든했기 때문이다.

*

며칠 후, 본당 수녀님에게서 이런 연락이 왔다.

"교중미사 때 '한 사람'을 낭독하고, 신부님께 다시 한번 상을 받으면 어떨까?"

"엄마 이야기가 나오는 거니까 상의해보고 말씀드릴게요."

엄마는 부끄럽다며 수녀님의 제안을 거절했다. 그러나 다시 한번 여쭤보라는 수녀님 말씀에 엄마는 "언젠가 엄마의 부족한 삶을 통해서 하느님의 권능이 드러나기를 기도한 적이 있었다." 하시며 낭독을 허락하셨다.

그래서 2주 뒤, 나는 교중 미사에 참석했다. 신부님은 내가 수상하게 된 사실을 신자들에게 알렸다. 신자들은 자기 일처럼 기뻐해 주었다. 곧 낭독하기 위해서 내가 해설대 앞에 서자, 신자들은 정숙을 지키며 귀를 기울였다. 나는 숨을 가다듬고 차분히 입을 뗐다. 그렇게 전해진 나의 이야기는 고요한 성전 안에 가득히 울려 퍼졌다.

'엄마의 삶은 고난이었다.'라고 첫 문장을 떼었을 때, 어디선가 공감에서 비롯된 웃음소리가 났다. 그러나 이내 묵직한 내용에 젖어든 사람들은 마음의 무게를 느끼는 것 같았다. 글을 반쯤 읽었을 땐 여기저기서 훌쩍이는 소리가 났다. 나도 감정이 동요되어 눈물이 날 것 같았지만, 잘 읽어드리고 싶은 마음에 '이 글은 내 글이 아니다.' 생각하며 글을 읽었다. 그렇게 글을 다 읽었을 때, 느긋한 박수 소리가 서서히 침묵을 깨었다. 낭독을 마치자 신부님은 감정을 추스르며 모든 어머님에 대한 고마움을 표현하셨다. 이어서 시상식이 진행되었고, 나는 다시 한번 박수를 받고 자리로 돌아와 앉았다. 그런데 기분이 이상했다. 사람들의 환호 속에서 두려움을 느꼈기 때문이다. 사실 나는 글을 읽는 동안 하느님의 영이 사람들의 마음을 위로하는 것을 느꼈다. 그런 사랑의 작용이 나를 통해서 이루어지는 것이 두렵고 부끄러웠다. 죄 많은 내가 마치 거룩한 사람처럼 느껴졌기 때문이다. 하느님 권능 앞에 송구한 마음이 들 수밖에 없었던 나는, 딱딱하게 굳은 표정을 지은 채 얼른 이곳을 떠나려는 생각만 하고 있었다. 그래서 미사가 끝난 순간 곧장 성전을 빠져나가고 있었다. 그런데 그때, 한 할머니께서 내 등을 토닥이며 "잘 컸다." 하셨다. 할머니의 따뜻한 말투와 부드러운 손길은 두려웠던 내 마음을 포근히 다독여 주었다.

그날 저녁, 나는 청년회 친구들과 함께 만찬을 즐겼다. 그때 우리는 충분히 먹고 마시며 기쁜 마음을 나누었다. 영적으로나 육적으로나 나눌 것이 있었던 그때의 나는, 험한 길을 걸어갈 준비가 되어 있었다.

# 죽음

민지는 존재 자체가 사랑스러운 아이였다. 그런 민지에게 내가 배운 것은 자유였다. 폭력에 길들어 발걸음을 맞추며 걷던 내게 비 오는 밤, 맨발로 길을 걸을 수 있도록 도와준 사람은 민지였다.

작은 생명도 소중히 여겼던 민지는, 다른 사람의 아픔을 자기 아픔으로 느끼며 눈물을 흘리는 아이였다. 영화 속에서 고문받는 장면이 나오면, 민지는 몸을 웅크리고 눈과 귀를 가렸다. 그럴 때면 두들겨 맞던 예전의 내가, 지금 민지를 만나 위로받는 기분이었다. 폭력을 거부하고, 아픔을 공감하며, 평화를 추구했던 민지가 나는 정말 좋았다.

유독 눈웃음이 귀여웠던 민지가 작은 것에 기뻐하며 환히 웃을 때면 온 세상이 밝게 빛났다. 그러나 민지의 삶은 그렇게 밝지만은 않았다. 시린 겨울, 세찬 바람이 불어오는 새벽처럼 차갑고 쓸쓸했던 그 시절에도, 달빛 아래 촛불을 조명 삼아 글을 쓰고, 음악을 들으며, 잔잔한 휘파람 소리를 고요히 불어내는 것으로 숨을 쉬고,

예술로 자기의 체온을 따사로이 보호해온 민지는, 존귀한 자기 존재를 꿋꿋이 지켜냈다. 민지의 몸과 마음은 가녀렸지만, 꺼지지 않는 촛불처럼 굳센 선의 심지를 꺾지 않아 때론 누구보다도 강인한 면모를 느끼게 했다. 갈등의 가시가 두려워 손을 아등바등 더듬으면서도, 작은 발을 성큼 내딛기도 했던 민지는 여려도 강했고, 어두워도 밝았으며, 무거워도 가벼웠다.

민지와 내가 함께 있을 때면, 흑백으로 된 세상에 우리 둘만은 다채로운 컬러가 된 기분이었다. 그만큼 칙칙했던 내 삶을 아름답게 채색해준 민지는 언젠가 자기 우산을 접고 내 우산 안으로 들어왔던 그때처럼, 짙은 구름이 가득했던 내 마음 안에 사랑의 빛으로 들어왔다.

민지와 나는 길을 걷다 소소한 장난에도 웃음보가 터져 주저앉았다. 또 장거리를 봉투에 담지 않고 버스에 올라타 무릎 위에 올려진 음식을 보며 웃었다. 자유를 사랑했던 우리는 낮의 거리를 자전거로 활개 쳤고, 밤의 우울을 오토바이로 탈출했다. 봄이면 차창 밖으로 바람개비를 내밀던 민지와 함께 벚꽃 여행을 떠났고, 여름이면 푸른 파도 위에 올라타 기어코 자기를 일으켜 세운 서핑을 즐겼다. 가을이면 자동차 지붕 위에 누워 떨어지는 유성을 보았고, 겨울이면 주황색 등불이 은은히 거리를 보듬는 골목길 언덕에서 포대를 엉덩이로 깔고 앉아 어설픈 썰매를 탔다.

그렇게 한 해, 두 해 민지와 함께할수록 나는 내가 소중한 사람이라는 것을 느꼈다. 민지는 배고픈 내게 음식을 싸주고, 추운 날 목도리를 짜주었으며, 못난 내 덧니가 예쁘다고 해주었다. 두 팔을 벌려 나를 꽉 안아주고, 무대 위에선 나를 응원해 주었으며, 홍겨워하는 나와 함께 춤을 추었다. 언제나 나를 지지하고 나의 편이 되어주었던 민지의 진심이 있었기에, 나는 사랑받는 존재라는 것을 느낄 수 있었다. 그런 민지는 내게 엄마이자 아내였고, 동생이자 딸이었다.

또 민지는 하느님의 사랑을 느끼게 하는 천사였다. 민지를 사랑하는 마음을 통해서 나를 사랑하는 하느님의 마음을 느낄 수 있었기 때문이다. 나는 민지가 어디에 있든 민지를 느낄 수 있었다. 공간의 한계가 무너질 만큼 민지의 존재가 강렬했기 때문이다. 가끔 서운한 감정에 마음이 토라질 때도 있었지만, 그마저도 귀엽게 느껴질 만큼 나는 민지를 온통 사랑했다.

그러나 부족했던 나는, 지속되는 아픔을 감당하지 못했다. 내 안에 억압된 아픔과 민지에게서 전해져 오는 아픔이 모두 느껴졌기 때문이다. 소화기관이 좋지 않아 자주 채기를 느꼈던 민지는 그만큼 답답한 감정이 마음에 뭉쳐 있었지만 내색하진 않았다. 그러나 나는 민지 안에 사는 민지가 되어 있는 것처럼 민지의 아픔을 고스란히 느꼈다.

한 번은 울면서 달려온 민지가 두렵다는 말을 꺼내며 내게 안긴

적이 있었다. 그때 나는 이어진 가슴 사이로 전해지는 아픔을 느꼈다. 그 후로도 민지의 아픔은 두 개의 가슴이 동기화된 것처럼 내 안에서 일어났다. 민지가 쓰러져 이가 부러졌을 때, 치과 치료를 받아서 한쪽 볼이 주먹만큼 부어올랐을 때, 아빠를 닮은 민지의 구부정한 뒷모습을 보았을 때, 그럴 때 나는 마음이 아려 견디기 힘들었다. 그래서 하느님께 기도했다.

'민지가 아프지 않게 해주세요.'

내 아이가 다친 것처럼 애석했던 민지의 아픔보다 더 애가 타는 일이 있었다. 그것은 민지를 아프게 하는 사람이 나라는 것이었다. 나는 때때로 민지에게 모질었다. 사람들 앞에서 냉정하게 다그쳐 눈물을 쏟게 했고, 식당에 홀로 두고 떠나버리기도 했다. 그런데도 원망하는 사람은 나였고, '실컷 원망하라'며 나를 달래준 사람은 민지였다.

예수님을 만나기 전, 내게 예수님이 되어준 사람은 민지였다.

그런 민지에게 내가 모질었던 이유는 민지의 성장을 바라고, 민지를 보호해야 한다는 자위적 명분 뒤에 숨겨진 '두려움'이었다. 약하고 순진한 모습을 보이면 민지가 떠날 것으로 생각했기 때문이다. 서로의 마음에 상처를 남기더라도 그 자극이 매력이 되어 서로를 묶어 둘 수만 있다면, 아픔 따위는 얼마든지 감당할 수 있다며 제멋대로 민지를 소유하려 했던 나는, 원하지 않는 자해를 멈출 수 없는 환자였다.

삼키면 해가 된다는 것을 알면서도 삼켜야만 했던 마음의 성질은 '결핍'이었다. 그것은 성장의 원리에 따라 때에 맞게 돌아오는 결핍이 아닌, 근원적으로 훼손된 영혼의 결핍이었다. 채워도 채워지지 않는 지속적인 허기의 또 다른 이름은 사라지지 않는 외로움과 욕심이었고, 그것은 제아무리 민지라 해도 모두 메워낼 수가 없는 어둠의 심연이었다.

민지만으로는 온전히 만족할 수 없고, 민지를 온전히 만족시켜줄 수도 없었던 나는 지속되는 아픔과 결핍에 지쳐갔고, 같은 이유든 다른 이유든 지쳐가는 것은 민지도 마찬가지였다. 엎친 데 덮친 격으로 성질에 맞지 않는 직장 생활을 하게 된 우리는 매일 바닥에 머리를 찧듯 일했다. 하필 같은 시기에 지쳐버린 우리는 서로에게 언성을 높이기 시작했다. 자연스레 마주 잡은 손의 악력은 풀어졌고, 함께 걷던 발과 발 사이는 멀어졌다. 굳은 표정을 한 채로 가만히 거리에 서 있게 된 우리의 관계는 늘어진 티셔츠의 목 부분처럼 구질구질 했다.

민지가 아프지 않게 해달라고 했던 나의 기도는, 언젠가 민지와 헤어질 수 있게 해달라는 기도가 되어 있었다. 서로의 회복을 위해 이별이 필요하다고 생각하면서도 마음 안에서 민지를 빼낼 수가 없었기 때문이다. 그렇게 끙끙 앓던 내 영혼의 목구멍으로 손가락을 집어넣어 준 사람은 민지였다. 심야 영화를 보고 집으로 돌아가는 길, 불쑥 튀어나온 민지의 짜증은 내 안에 이별을 다짐하는 분노가 되었다. 하지만 그건, 나를 보호하기 위한 명분이자 합당한 이별의 핑계였을지 모른다.

마지막으로 민지를 바래다주며 택시 문을 쾅 닫고 집으로 돌아선 그날 이후, 나는 민지에게 날카로워진 너의 성격 탓으로 우리가 헤어지게 된 것이라는 잔혹한 메시지를 남겼고, 그렇게 우리는 7년의 연애를 끝으로 이별했다.

*

민지와 헤어지고 한동안 다른 성당에서 홀로 미사 했다. 그리고 다시 본당으로 돌아왔을 때, 오랜만에 만난 청년들이 반가워 미소를 지었다. 그러나 그들은 예전과 달리 차가운 표정을 지었다. 갑자기 인사를 받지 않는 그들이 낯설었지만, 민지와 이별하게 된 나를 어떻게 대해야 할지 몰라서 그런다고 생각했다. 하지만 시간이 지나 알게 된 것은, 나에 대한 이런저런 소문이 돌고, 누군가가 나를 험담한 것이었다. 나는, 나와는 소통해보지도 않고 나를 마음대로 재단하는 그들이 미웠다. 또 온기를 잃어 냉소해진 청년들과 공동체 이익보다 개인의 편리를 추구하는 청년들이 싫었다.

내 마음에서 떠난 청년들은 그들끼리도 편이 갈리는 것 같았다. '누가 누구랑 뭐가 어쨌다더라.' 하며 서로를 흉보고, 누가 더 잘난 사람인지에 대해 예민한 촉각을 세우는 것 같았다. 더구나 교리를 가르치는 교사들이 다른 사람을 경계하고, 적대하는 모습을 볼 때면, 무엇을 위해 교사를 하는지 의문이 들었다. 자기의 부족함은 살피지 않는 교사들의 아집은 신부님과의 불편한 마찰을 통해 탈이 났고, 신부님의 완고한 마음 또한 수면 위로 드러났다.

유독 사소한 옳고 그름이 예민했던 신부님은 강론과 공지사항 시간에 비관적인 말투로 신자를 나무랄 때가 많았다. 잘못된 것이 있으면 비판하는 것이 필요한 사랑일 수 있지만, 소통은 하지 않고 꾸중만 하시는 모습을 볼 때면, 의도가 사랑이라고는 느껴지지 않았다. '신자는 이것도 모르고, 저것도 못 한다.' 하는 식의 이야기를 자주 하셨던 신부님이 '내가 옳고, 사제는 우월하다.'라는 말씀을 하시는 것만 같았다. 신자는 불어 대기만 하는 바람처럼 질책만 하는 신부님을 따르지 않았고, 신부님은 살갑게 다가오지 않는 신자를 탐탁지 않게 여겼다.

편이 갈리는 것은 어른도 마찬가지였다. 청년 편, 사제 편, 아이 편, 어른 편, 남자 편, 여자 편 등. 단체끼리 편이 갈리고, 단체 안에서 또 편이 갈리고. 서로를 존중하지 않고, 소통하지 않으며, 사람 사이에 보이지 않는 담을 쌓아두는 교회. 예수님을 따르는 것보다 돈과 자리에 관심이 많고, 신앙보다 명성이 중요해진 교회. 그것이 나는 본질을 잃은 장사하는 교회라고 생각했다. 그때부터 내 마음은 고향 같은 교회를 떠났다.

*

그해 여름, 친형제와 같은 친구들과 함께 경주로 여행을 떠났다. 함께 한 인원은 영재를 포함한 다섯 명의 친구였다. 여행을 떠나기 전, 우리는 한 명당 십만 원의 회비를 모으기로 했다. 대체로 회비를 미리 내었지만, 영재는 사정이 있어 당일에 낸다고 했다. 연인과 함께 여행에 참여하기로 했던 영재는 이십만 원을 내야 했다. 그런데 당일, 십만 원만 낸 영재에게 내가 물었다.

"왜 십만 원만 내는데?"

"모자라면 더 낼게."

"그게 무슨 말인데?"

"부족하면 더 낸다니까?"

"그러니까, 왜 그렇게 하는 거냐고."

우리의 여행은 처음부터 삐걱댔다. 어쨌든 여행은 떠났고, 먼저 도착한 친구끼리 바다에서 물놀이를 즐겼다. 그때, 늦게 도착한 영재가 홀로 해변을 걸어왔다. 영재의 연인은 보이지 않았다. '나 때문인가?' 괜히 미안한 마음이 들어 영재에게 물었다.

"왜 같이 안 왔는데?"

"뭐 그렇게 됐다."

뭐가 어떻게 됐다는 건지 알 수 없는 영재의 대답은 더 이상의 질문을 거부하는 것 같았다. 물놀이를 마친 우리는 잠시 휴식을 취한 후, 옥상에서 고기 파티를 열었다. 식사하는 동안 영재는 자학하듯 술을 마셨고, 취기가 오를수록 언성은 높아졌다. 술을 마시지 않았던 나 말고는 모두 술에 취했고, 술자리는 계속 이어졌다. 방으로 돌아와 거실에서 상을 펴고 술을 마셨던 우리는 마이크를 잡고 노래를 불렀다. 밤이 깊어 다른 객실의 사람을 생각해서라도 조용히 해야 하는 상황이었지만, 친구들은 아랑곳하지 않았다. 미친 듯이 소리를 지르고 욕설을 뱉었다. 나는 그런 우리가 마음에 들지 않았다. 시간이 지나 노래는 그만 부르게 되었다. 그때, 진솔한 소통을 하고 싶었던 내가 영재에게 물었다.

"돈 얘기해서 서운했나?"

"아니 뭐 꼭 그런 건 아닌데 내가 그동안 너희들한테 돈을 더 쓰면 더 썼지, 덜 쓰진 않았잖아. 그런데 그걸 꼭 그렇게 따져야만 했나? 모자라면 내가 더 낸다고 했잖아."

"그래, 이해된다. 미안하다."

"이해된다고? 와… 나는 화가 나는데, 니는 이해가 된다고?"

영재는 같은 말을 반복하며 화를 돋우었다. 그런 영재에게 나는 다시 답했다.

"어, 이해된다. 우리 둘 다 이해된다."

그때부터 영재는 터진 활화산처럼 분노를 쏟아내며 괴성을 질렀다. 내가 말을 하려고 하면 더 큰 목소리로 소리를 지르며 내 말을 잘랐다. 미안하다고 하면 미안해하지 말라 하고, 이해된다고 하면 괴성을 지르고, 말을 하지 않으면 말을 하라고 화를 냈다. 그런 영재에게 내가 할 수 있는 것은 아무것도 없었다. 그래서 아무런 말도 하지 못하고 족히 두 시간은 욕을 먹었다. 곁에 있던 정모는 영재를 거들며 내게 욕을 했고, 다른 친구들은 방에서 자고 있었다.

이해되어서 욕을 먹고 있는 상황이 이해되지 않았던 나는, 가만히 생각에 잠겼다.

'어쩌면 영재는 자기와 같다고 생각한 나를 잃어버린 상실감과 배신감을 느끼고 있는 것은 아닐까.'

그날 밤, 나는 영재에게서 창식이 형의 모습을 보았다. 영재의 분노와 욕설은 나를 때렸던 창식이 형의 손과 발이었다. 폭력이 두려운 나는, 영재와 정모의 욕설이 잠잠해진 틈을 타, 방 안으로 들어가 침대에서 자는 친구들 옆쪽 바닥에 몸을 누였다. 자는 친구들은 코를 골았고, 영재와 정모는 다시 노래를 불렀다. 고독감을 느낀 나는, 새우처럼 몸을 웅크리고 눈과 귀를 닫았다. 그리고 기도했다. '저와 친구들을 모두 위로해 주세요.' 눈물이 옆으로 흘렀다.

함께 있어도 홀로인 기분은 마음 밖으로 친구들을 밀어내게 했다. 잠들지 못하고 여전히 생각에 잠겨 있었던 나는 '내일 친구들과 이별하겠다.' 하는 다짐을 했다. 이제는 서로가 가야 할 길이 다르다고 생각했기 때문이다. 그래서 다음 날, 집으로 돌아와 곧장 친구들에게 이별의 메시지를 남겼다.

'그동안 고마웠다. 이제 그만 만나자.'

*

여행을 떠나기 전, 나는 실장과 갈등을 겪고 있었다. 체육대회에서 아이들이 물을 마시지 못하는 일이 일어났기 때문이다. 그날은 같은 사업을 하는 일곱 개의 청소년기관이 연합 체육대회를 한 날이었다. 참여한 청소년은 이백 명쯤 되었다. 활동성이 강한 초등학생 아이들은 땀이 뻘뻘 나도록 뛰어다녔다. 한여름에 숨이 가쁘도록 뛰어다녔으니 목이 마른 것은 당연한 일이었다. 자연스레 다른 기관의 아이들은 준비된 물과 음료를 마셨다. 그러나 우리 센터 아이들은 물을 마시지 못했다. 각자 물을 준비하기로 했는데, 준비해 오지 않았기 때문이었다.

오전 내내 목이 말랐던 아이들은, 점심시간 주최 측에서 나누어 준 도시락을 받고서야 겨우 물을 마셨다. 그때 받은 물은 넉넉하진 않아도 나누어 먹을 수 있을 만큼은 남게 되었다. 그러나 아이들은 오후 활동을 하는 동안에도 물을 마시지 못했다. 약속을 어겼으니 물을 마시지 말아야 한다는 것이 실장의 방침이었기 때문이다. 교육적인 명목보다 아이들의 건강이 우선이라고 생각했던 나는 반감이 들었다. 그래서 이틀 뒤, 에게 면담을 요청했다.

"아이들이 물을 마시지 못한 건 안타까운 일입니다."

"준비를 안 했으니 어쩔 수가 없죠."

"사정상 준비를 못 하는 경우도 있습니다."

"그럼 참아야죠."

"예산으로 급식비가 나오지 않나요? 아이들 건강관리는 저희 의무입니다."

대화를 나눈 다음 날부터 나를 바라보는 실장의 눈빛은 매섭게 변했다. 인사를 해도 받지 않는 실장은 뭔가를 단단히 각오한 표정을 지었다. 아니나 다를까 갑자기 내 서류를 압수 수색하듯 파헤쳤고, 사소한 내용을 하나하나 꼬투리 잡으며 다그쳤다. 당장 하지 않아도 될 업무와 지난 업무까지 뒤져대며 날카롭게 지적했다. 내 책상에는 그야말로 산더미 같은 파일들이 모니터가 보이지 않을 만큼 쌓였다. 아이들을 돌볼 시간도 부족한데 서류만 보고 있어야 하는 상황이 개탄스러웠지만, 꼬투리를 잡히고 싶지 않아 일찍 출근하고, 늦게 퇴근하며 서류 업무를 정리했다. 그러나 편향된 업무 분장에 따라 서류 업무는 계속 더해졌고, 옆 반에 비해 세 배가량 많은 아이를 돌보고 있는 내 상황은 실장 안중에 없었다. 우리 반 아이들은 활동성이 강한데, 인원은 많고, 청소할 시간은 부족해서 때때로 교실이 어지러울 때가 있었다. 그럴 때면 실장은 회의 시간을 통해 옆 교실과 우리 교실을 비교하는 사진을 공개하며, 내게 무안을 주었다. 그래서 나는 아이들을 집으로 돌려보낸 후, 홀로 센터로 돌아와 청소했다.

그러자 실장은 아이들의 문제가 곧 나의 문제인 것처럼 지적했다. 요즘 들어 아이들이 시끄럽다며 가만히 있게 통제하라고 했다. 그러면서 상담 시간은 줄이라 했고, 상담 내역은 꾸며 쓰라 했다. 실장은 억압된 문제를 드러내면 없는 문제를 만들어낸다고 지적했다.

실장과의 갈등을 소통으로 풀어내고 싶었던 나는 진솔한 대화를 요청했다. 그러나 실장은 자기에게 다혈질이 있으니 화를 내면 피하라는 말을 남기며 대화를 거부했다. 나도 그런 실장과 대화하고 싶지 않았다. 하지만 어쩔 수 없이 실장에게 대화를 요청하고, 대립해야 할 때가 있었다. 그럼 실장은 아이들에게 더욱 괴성을 질렀다.

가만히 있으면 노예처럼 일하게 되고, 대립하면 아이들이 다치는 상황이 되니 더 이상 할 수 있는 것이 없었다. 그저 때리면 묵묵히 맞을 수밖에 없었다. 그런 시간이 이어지며 언제부턴가 나도 실장의 방침에 따라 잘못이 없는 아이들을 나무랐다. 그렇게 한 개인의 편리를 위한 탄압에 순응할수록 내 영혼은 생기를 잃었다. 매일 비닐을 뒤집어쓰고 출근하는 기분이었다. 지쳐 버린 나는, 마음이 민감했다. 그런 상태에서 실장이 괴성을 지르면, 날카로운 채찍에 후려 맞아 살갗이 찢어지는 기분이었다.

퇴근하고 집으로 돌아오면 방안에 쓰러져 일을 그만두고 싶다는 생각만 했다. 하지만 아이들을 두고 퇴사할 수도 없어 마음이 괴로웠다. 그러던 어느 날, 퇴사의 불씨를 잡아당기는 일이 일어났다.

그날도 실장은 부정적인 기운을 내뿜으며 괴성을 질렀다. 서로의 입장을 헤아리지 않고 이기적으로 행동하는 실장에게 화가 나버린 나는 참다못해 실장과 똑같이 소리를 질렀다. 센터 전체에 우리가 다투는 소리가 울려 퍼졌고, 옆 반 지도자는 아이들이 다투는 소리를 듣지 못하도록 사무실 문을 닫았다. 나는 그동안 쌓인 울분을 토해내듯 소리를 질렀고, 눈이 뒤집혀 버린 실장은 자기 책상 위에 있던 물건을 집어 던지며 소리쳤다.

"당장 나가세요!"

"못 나갑니다. 제가 왜 나가야 합니까."

그러자 실장은 자리에서 벌떡 일어나 내 곁으로 다가왔다. 내가 보고 있던 모니터 화면을 강제로 꺼버렸고, 내 책상 위에 놓인 서류를 잡아채려 했다. 순간 나는 서류를 맞잡으며 실장의 행패를 저지했다. 다시 실장은 내 손목을 잡아채며 나를 일으켜 세우려 했고, 나는 손을 뿌리치며 "말로 하세요."라고 말했다. 제 뜻대로 나를 제압할 수가 없었던 실장은 화를 주체하지 못하고 주먹으로 내 팔뚝을 때렸다. 회사에서 맞게 된 상황이 어이가 없었던 나는 자리에서 벌떡 일어나 "지금 저 때렸습니까?"라고 했다. 그러자 실장은 자리로 돌아가 총장에게 전화를 걸어 나를 해고하라며 항의했다. 나도 더는 참을 수 없어 총장을 만나 센터 운영의 문제점을 제기하기로 했다.

며칠 후, 회사 밖에서 총장과 만났다. 나는 그와 식사하며, 아이들에게 적합한 환경을 조성하고 필요한 프로그램을 제공하기 위해서는 지도자 간의 소통이 원활해야 한다고 말씀드렸다. 그런데 실장이 감정적으로 사람을 제압하려고만 해서 소통이 어렵다고 했다. 총장은 내 말에 공감하며 문제가 없으니 계속 일하라고 했다. 그러나 실장은 몇 번이나 총장에게 전화를 걸어 나를 해고하라고 했다. 총장은 실장을 탐탁지 않게 여기면서도 실장에게는 어떤 조치도 내리지 않았다. 결국 총장은 번거로운 일에서 손을 떼어내듯, 내게 사직을 권고했다.

그 무렵 나는 평소 존경했던 수녀님께 상담을 요청했다.

"일을 그만두고 싶은데, 아이들을 두고 떠나지 못하겠어요."

수녀님은 내 마음에 공감하셨지만, 예상치 못한 답변을 하셨다.

"두어도 괜찮다."

솔직히 나는 수녀님의 말이 와닿지 않았다. 아이들이 고통받고 있는데 두어도 괜찮다는 말을 이해할 수가 없었다. 공감은 감사했지만 풀리지 않는 혼란은 여전히 내 안에 남아 있었다.

그리고 며칠 후, 가톨릭 평화방송에서 중계하는 소년소녀합창단의 정기 공연을 보게 되었다. 아이들은 맑은 목소리로 비틀스의 「Let It Be」를 불렀다. 천상의 순결을 느끼게 했던 그 순간, 한 아이가 또렷한 목소리로 말했다.

"내가 고통의 시간에 처해있을 때, 어머니께서 다가오시어 지혜로운 말씀을 해주십니다. '그냥 두어, 그냥 내버려 두려무나.' 현명한 대답이 있어요. 그냥 두세요. 내버려 두세요."

아이의 목소리를 통해 다시 한번 내 안으로 파고든 '두어도 된다.'라는 그 말은, 이런 의식을 갖게 했다.

'내가 모든 것을 다 할 수 없다. 주어진 몫이 있고, 두어야 할 때가 있다.'

며칠 후, 나는 권고사직을 받아들였다. 이것으로 모든 갈등을 끝내고 싶었다. 그러나 내가 편해지고자 아이들을 포기했다는 의식은 계속해서 나를 괴롭혔다. 어떤 선택을 해도 마음이 괴로운 상황이 되니 '거두어 달라' 하는 기도가 절로 나왔다. 마음이 한계에 다다랐던 그때, 나는 의식과 감정이 그만 죽어 버렸으면 했다.

퇴사 전, 나는 아이들에게 이별의 사실을 미리 알렸고, 학부모님께 퇴사 사유와 아이들이 보호받지 못하는 센터 상황을 말씀드렸다. 그런 사실을 알게 된 실장은 마지막 퇴근을 하기 전 내게 이런 말을 했다.

"끝까지 잘났습니다."

그 말을 듣고 나는, 내가 해야 할 일을 한 것이라고 답했지만, 나도 유별난 사람이 된 것만 같은 내가 싫었다.

어쨌든 모든 사람에게 마지막 인사를 전하고, 귀가 차량에 탑승했다. 직접 운전했던 평소와 달리, 기사님 차에 동승해 아이들을 내려다 주면 되었다. 삼십 분 정도 아이들을 한 명 한 명 내려다 주고 나니 남은 아이는 재민이뿐이었다. 재민이는 재잘대던 평소와 달리 아무런 말도 없이 창밖만 보고 있었다. '얘가 이별에 대해 무거움을 느끼나?' 그런 생각이 들어 재민이의 손을 꼭 잡았다. 그렇게 서로의 온기를 느끼며 차분히 앉아 있던 그때, 갑자기 재민이가 적막을 깨고 툭 말을 꺼냈다.

"기쁜 날이 올 거예요."

*

퇴사했으니 더 이상의 갈등은 없을 것으로 생각했다. 그러나 재단 측에서 근로 상실 신고를 바르게 하지 않아 실랑이를 계속했다. 실업급여를 제대로 받기 위해선 재단 측에서 서류를 수정해 주어야 했다. 그러나 총장과 재단 직원은 전화를 받지 않고 느긋한 대처를 했다. 애가 타는 것은 나였다. 계속 전화해야만 하는 것도, 그래서 미안한 것도 나였다. 결국 재단 측에서 서류를 수정해 주었지만, 그 또한 문제가 있어 다시 수정을 요청해야 했다.

그런 시간이 한 달쯤 지속되었다. 더 이상 참을 수 없었던 나는 근로 공단으로 방문해 재단 측의 문제를 신고했다. 그제야 재단 직원은 내게 전화를 걸어 문제가 무엇인지 살피려 했다. 그때는 이미 합의로 문제를 해결할 수가 없는 때였다. 결국 재단은 백만 원 정도의 벌금을 내야 했다. 그렇게 실업급여 문제는 해결이 되었지만, 마음은 여전히 괴로웠다. 금전적인 손해를 보지 않으려고 재단 측에 벌금을 물게 한 내가 이기적인 사람처럼 느껴졌기 때문이다.

나도 내가 싫었던 그때, 공원 벤치에 앉아 넋이 나간 채로, 길을 걷는 사람들의 발걸음만 보고 있었다. 그러다 집으로 돌아오면 가만히 천정만 바라보며 흐르는 전류의 잡음만 듣고 있었다.

음식을 먹으려 해도 먹히지 않고, 잠을 자려 해도 잠이 들지 않았다. 결국 태어나 처음으로 병원을 찾아가 수면제를 받았다. 수면제는 잠이 들게 하는 약이 아니라 잠을 잤다는 착각을 들게 하는 약 같았다. 그만큼 몸과 마음은 회복되지 않았다. 그나마 생각의 스위치를 꺼버릴 수 있는 것이 감사했지만, 그마저도 오래가지 못했다. 해결이 아닌 회피일 뿐이었던 수면제의 효과는 며칠 지나 사라졌다. 수면제를 먹어도 잠이 들지 못하는 상태가 되었기 때문이다. 자고 싶어도 잘 수 없는 것은 시간에 고문받는 일이었다. 그렇게 한동안 숨만 쉬는 몸뚱이가 되어 있었을 때, 엄마는 『바닥에서 하느님을 만나다』라는 책을 내 책상 위에 올려두었다. 그러나 나는 그 책을 펴보지 않았다.

'하느님은 무슨.'

무엇으로도 사랑을 느끼지 못했던 나는, 처음으로 하느님이 없을 수 있다고 생각했다.

살아온 이유도, 살아갈 이유도 느끼지 못한 채 어두운 방 안에 갇혀만 있었던 나는, 이대로 그만 죽어버렸으면 했다. 그래서 바닥에 얼굴을 박은 채로 곤란한 숨을 삼켰다. 호흡은 점점 느려졌고, 물속에 가라앉은 것처럼 가슴이 답답했다. 그렇게 마치 서품 받는 사제처럼 바닥에 엎드려 있었을 때, 번득 이런 생각이 들었다.

'나 지금 죽었구나!'

한 톨의 빛도 없었던 내 방은 세상이 창조되기 전의 어둠이었다. 그것은 아무런 사랑도 느낄 수 없는 죽음이었다. 내 영혼이 사랑을 상실한 '죽음의 자리'에 서 있다는 것을 알게 되었을 때, 나는 번쩍 눈을 떴다. 그리고 몸을 돌려 내 방 벽 십자가의 예수님의 얼굴을 보았다.

그 순간, 그야말로 빛이 폭발한 것만 같은 의식이 내 안에 번뜩 들어찼다.

'죽음은 없구나!'

'사랑이 없는 것이 죽음인데, 죽음의 자리에 사랑이신 예수님이 계시니 죽음은 없구나! 예수님을 사랑하면 언제나 사랑을 느낄 수 있구나!'

단번에 상한 자아가 깨어진 기쁨을 느꼈던 그때, 나는 십자가에 못 박혀 돌아가신 예수님이, 하느님과 같은 사랑이라는 것을 믿었다. 그리고 다시 사셨다는 것을 믿었다.

그날의 체험을 통해서 내가 알게 된 것은, 죽음이란 '소유했던 사랑의 상실'이라는 것이었다. 또한 죽음의 자리는 사랑을 느낄 수 없는 어둠의 심연이지만, 그곳에서 나와 함께 죽어계신 예수님의 숭고한 사랑을 체감하면, 죽음은 더 이상 어둠의 심연이 아닌, 다시 사는 기쁨의 통로가 되는, '사랑의 심연'인 것이었다.

# 만족

수녀님이 운영하는 카페에 앉아 창밖을 보고 있었다. 그때 마침 거리를 걷는 민지를 보게 되었다. 애석하게도 민지는 다른 사람의 손을 잡고 있었다. 순간 무너지는 마음을 다잡기 위해 반사적으로 미소를 지었다. 가슴이 사라진 것 같은 상태를 느꼈던 나는, 속으로 이 말을 되풀이했다.

'내 것이었는데… 내 것이었는데…'

온종일 반복된 이 말은 내 마음을 무겁게 짓눌렀다. 다른 생각을 할 수도, 다른 사람을 만나 소통할 수도 없었다. 어쩔 수 없이 집으로 돌아와 자리에 앉아 묵상했다. 허망한 마음을 가만히 놓아두었던 그때, 문득 이런 의문이 들었다.

'민지가 나의 것인가?'

의문 자체가 의아했던 신선한 의식은, 곧 이 말이 되어 내 안에 자리했다.

'민지는 하느님의 것이다.'

'그렇다면 나는 누구의 것이고, 그는 누구의 것인가, 하느님의 것이 아닌 것은 무엇인가, 돈을 벌어 집을 사면 집은 내 것인가? 일할 수 있는 힘과 능력은 어디에서 온 누구의 것인가?'

또 한 번 소유의 근원을 찾아 헤맨 내 안의 의식은, 멈춘 숨을 다시 들여 쉬듯 이 말을 흡수했다.

'모든 것은 하느님의 것이다.'

그건 단순한 이해가 아닌, 사실 상실이 없다는 것을 깨달은 의식적 파괴였다.

곧이어 '모든 것이 하느님의 것인데 내가 하느님께 속해있으니 모든 것은 나의 것이기도 하다.'라는 생각이 들었을 때, 아빌라의 성녀 데레사 기도가 떠올랐다.

'하느님을 소유한 사람은 모든 것을 소유한 것이니 하느님만으로 만족하도다.'

내게 있어 하느님을 소유한다는 것은, 하느님 뜻과 내 뜻이 일치하는 자유이며, 하느님만으로 만족할 수 있는 안정이자, 모든 이에게서 사랑을 느낄 수 있는 일치였다. 그건 조종하는 소유가 아닌 하나 되는 속함이었다.

다음 날 아침, 못다 한 잠을 푹 자고 일어났을 때, 마치 다시 살게 된 사람처럼 모든 것이 감사했다. 눈을 떠 눈곱을 뗄 수 있는 것이 감사하고, 씻을 수 있는 물이 수도꼭지에서 흘러나오는 것이 감사했다. 오후의 햇살을 만끽할 수 있는 것이 감사하고, 선선한 바람이 불어오는 것이 감사했다. 소소한 일상의 은혜로움을 느꼈던 그때, 내 마음에는 그윽한 평온이 가득했다.

세상의 존재 자체가 감사하고, 또 내가 나로 존재할 수 있는 것이 감사했다. 없던 내가 있는 내가 되어 삶을 보고 듣고 느끼며, 몰랐던 것을 알 수 있게 된 것이 감사했다. 달든 쓰든 다양한 감정을 느낄 수 있고, 옳든 그르든 생각할 수 있는 것이 감사했다.

푸석했던 자아의 질감은 달라져 있었다. 더 이상 마음이 피폐해지지 않는 진득한 그릇이 되어 있었다. 지금의 내가 된 것에 대한 만족감은 지난날의 상처마저도 감사하게 했다.

'상처가 없었다면 지금의 내가 될 수 있었을까, 고난이 없었다면 예수님의 마음을 느낄 수 있었을까.'

소유와 상실이 공존했기에 감사를 알고, 결핍과 채움이 공존했기에 만족을 알며, 상처와 회복이 공존했기에 기쁨을 알 수 있었다.

상처 입은 자아가 회복된 만큼이나 감사한 것은, 어긋난 관계가 회복되는 것이었다. 영재와 눈물을 흘리며 화해했고, 신부님과 소통하며 포옹했다. 청년들과 어울리며 기도했고, 어른들의 이야기를 들으며 입장을 이해했다. 센터 아이들도 가끔 만나 대화할 수 있었고, 실장과 총장을 위해서도 기도했다. 하루를 만나도 감사한 민지와 칠 년을 만난 것이 감사했고, 지금도 소통할 수 있는 것이 감사했다.

새롭게 관계를 이어가며 알게 된 것은, 그들에게는 자기를 지켜낼 수 있는 생명력이 있는 것이었다. 그건 하느님의 축복이었다. 내가 사랑하지 못한 나와 이웃을 모두 사랑하신 하느님은, 우리가 다 이해할 수 없는 방식으로 우리 모두를 돌보셨다.

만남과 이별 그리고 재회, 그 모든 것은 영적 정화와 성장에 필요한 것이었다. 관계의 회복을 통해서 하느님의 사랑을 체감할 수 있었던 나는, 사랑했던 그들을 하느님께 의탁했다. 부족한 내 안에 그들이 속하지 않고, 완전한 하느님께 속하기를 바랐던 내 마음은 자유로웠다. 수척한 몰골에 초라한 행세를 하고 있던 나였지만, 옅은 미소만은 입가를 떠나지 않았던 그때, 민지는 내게 이런 말을 했다.

"모든 것을 내려놓은 사람처럼 얼굴이 평온해 보여."

*

그 무렵, 대구대교구 청년국에서 운영하는 '비다누에바' 프로그램에 참여했다. 비다누에바는 '새로운 삶'을 뜻했다. 이박 삼 일로 진행된 프로그램에 참여한 인원은 백 명 정도였다.

이곳에는 멋있고 화려한 사람들이 많았다. 노래를 잘 부르는 사람, 악기를 잘 다루는 사람, 말과 기도를 잘하는 사람, 춤을 잘 추는 사람. 자연스레 주목받는 그들을 보며 나는 내가 달라진 것을 느꼈다. 주목받기 위해 나를 꾸며내고 싶은 마음이 사라졌기 때문이다.

그저 기뻐하는 그들을 보는 것만으로도 기뻤다. 지금 이대로 만족감을 느꼈던 나는, 진솔한 상태 그대로 머물렀다. 그러다 보니 자연스레 집단에서 소외되었다. 그때부터 내 눈에는 새로운 사람들이 보였다. 바로 나처럼 소외된 사람들이었다.

나무 아래 벤치에 앉아 있는 한 남자에게 내가 물었다.

"프로그램 어떠셨어요?"

"좋았어요. 그런데 조금 소외된 것 같아요."

"저도 그랬어요. 그래도 지금 이렇게 함께 있으니 좋아요."

그때 나는, 소외된 자리에 함께 계시는 예수님을 느꼈다.

일주일 뒤, 같은 장소에서 진행된 '선택' 프로그램에도 참여했다. 선택은 소속에 대한 성찰을 돕는 프로그램이었다. 이박 삼 일로 진행된 프로그램에 참여한 인원은 육십 명 정도였다. 이곳에는 명랑한 사람들이 많았다. 그러나 감춰진 아픔이 느껴졌다. 보이지 않는 그들의 아픔은 프로그램을 통해서 드러났다. 소통이 주가 되는 프로그램의 특성상 다양한 사람들의 이야기를 들을 수 있었기 때문이다.

그들의 아픔은 곧 나의 아픔이었다. 나와 닮은 이야기를 하며, 나와 같은 감정을 느끼며 살아온 그들은 마치 또 하나의 나 같았다. 나만 힘들고 나만 아픈 것이 아니었다. 서로가 서로에게 속해 있는 것을 깨닫기 위한 고통의 여정을 저마다 감내해온 것이었다. 달라도 같은 그들과의 관계는 꽤 친밀했다. 애정의 여운이 길이 남을 정도였다.

사람을 만나는 것으로도 사랑을 느낄 수 있었던 그때, 나는 어울리는 자리에 함께 계시는 예수님을 느꼈다.

*

홀로일 때나 함께일 때나 예수님을 느낄 수 있는 은총은, 소외되어도 소속될 수 있는 일치이자, 사랑을 갈구하기 위해서 관계에 집착할 이유가 없는 자유였다. 그건 사랑을 느끼지 못할 것이라는 두려움의 근원이 상실하는 것이었고, 언제 어디서나 사랑을 느낄 수 있는 영적 풍요였다.

그토록 찾아 헤맨 마르지 않는 샘은 이미 내 안에 있었다. 굳이 누군가를 삼켜낼 이유도, 딛고 올라서 군림할 이유도 없었다. 순수한 사랑의 샘이, 새지 않는 자아의 회복만이 필요한 것이었다.

죽음의 자리를 지나 체감하게 된 평화는, 아무것도 소유할 필요가 없는 참된 만족이었다.

# 그런 사람

'내 것이 아닌 나는 어떤 내가 되어야 하는 걸까?' 이런 의문이 들고, 또 의미 있는 삶을 살고 싶었던 나는, 소명을 식별하려는 목적으로 예수회 침묵 피정에 참여했다.

피정은 서울에 있는 예수회 센터에서 진행되었다. 작은 책상, 성경, 시계 그리고 십자고상 하나 있는 텅 빈 방을 나 혼자 사용했다. 나는 그 간결한 고요함이 좋았다.

곧 짐을 풀고 식당으로 갔다. 식당에는 이미 몇 명의 사람들이 식사하고 있었다. 우리는 적당한 거리를 둔 채 침묵을 지키며 식사했다. 그때 누군가 살짝 문을 열고 들어왔다. 조금은 수척해 보였던 그는, 음식을 담지 않고 주방으로 걸어가 일하고 계시는 아주머니께 고개를 숙여 인사했다. 그리고 음식을 담아 한쪽 구석에서 조용히 밥을 먹고 나갔다. 그의 첫인상은 차분한 겸손이었다.

피정의 첫 일정은 강의였다. 강의실에 앉아 시작을 기다리고 있던 그때, 누군가 다시 한번 살짝 문을 열고 들어왔다. 조금 전 식당에서 보았던 그 남자였다. 강의실 앞으로 걸어간 그는 자리에 앉아 있는 우리를 향해 인사했다.

"안녕하세요. 신 신부입니다." 그는 피정 운영을 총괄하는 담당 신부님이었다.

신부님은 조곤조곤한 목소리로 강의했다. 지루할 수 있는 말투였지만 내용이 광활해 어떤 퍼포먼스보다 더 흡입력이 있었다. 그에게서 느껴지는 간결한 권위는 온유하면서도 장엄했다. 가끔 순수한 아이처럼 미소 짓던 그는 거룩한 동심을 느끼게 하는 지도자였다.

"하느님이 계신다면 어째서 세상에 악이 존재하는 거죠?"

누군가 신부님께 날카로운 질문을 했다. 그러자 신부님은 이렇게 답했다.

"하느님을 이해하기가 어려울 때가 많습니다."

즉각적인 답을 내어놓기보다는 먼저 그 사람의 마음에 공감하신 신부님은 그 후로 신학적인 내용을 설명하셨다. 그러나 깊이 있는 내용을 모두 헤아리기에는 준비된 내용을 다 전할 수가 없어 이 정도로 설명을 마치겠다, 하시며 양해를 구하셨다. 신부님은 여유롭게 사람과 상황을 모두 포용하셨다. 나는 그런 신부님께 마음이 이끌렸다.

신부님은 강의를 통해서 우리에게 기도하는 방법을 알려주셨다. 핵심은 말씀 안에 머물며 마음을 내어드리는 것이었다. 그렇게 기도할 수 있는 시간은 많았다. 곧 강의를 마치고 방으로 돌아왔을 때, 나는 신부님이 알려 주신 대로 기도했다. 그러나 분심이 자주 들어 마음을 비우는 것이 어려웠다. 또 소명을 찾고 싶은 욕구가 강해 자꾸 점괘 받듯이 소명을 찾으려 했다. 성급했던 나는 온전히 기도 안에 머물지 못했다. 그래도 마음은 기뻤다. 고요함 속에서 기도하는 자체에 만족감을 느꼈기 때문이다.

첫날밤 잠자리에 누웠을 때, 나는 내 안에 있는 선의 성질을 느꼈다. 그런데 신기한 것은 그만큼 악의 유혹도 선명히 느껴지는 것이었다.

둘째 날 오후에는 면담이 있었다. 면담은 피정 운영을 보좌하는 한 신부님께서 해주셨다. 신부님은 나의 묵상이 어땠는지 들으시고는 "성찰이 빠릅니다. 조급해 마시고, 기도하는 시간을 하느님께 내어드리세요. 그리고 사랑을 느껴보세요."라고 했다.

나는 그저 사랑을 느껴보라는 신부님의 말이 가슴에 와닿아 실천하기로 다짐했다.

곧 신 신부님의 강의가 이어졌고, 나는 다시 방으로 돌아와 기도했다. 텅 빈방 안에 앉아 말씀을 읽고 머물렀다. 무언가를 애써 의식하려 애를 쓰지 않고, 고요함 그 자체에 머물렀다. 그러자 조금씩 느껴지는 것은 포근히 나를 감싸는 온기였다. 그 온기는 방안에 들어찬 햇살과 같았다. 한 톨의 빛도 없었던 내 방과 달리 이곳은 따스한 햇살이 가득했다. 그것은 달라진 내 마음과 같았다.

고독 속의 풍요를 누리고 있던 그때, 한 쪽 벽면엔 태양의 기운을 내뿜는 아지랑이가 일렁였다. 그 영롱한 기운은 비어있는 마음을 가득 채운 거룩한 숨결이었다. 오직 평화로운 기운만을 만끽하며 가난한 충만에 머물러 있던 그때, 나는 자아를 탈피한 '무無의 만족'을 느꼈다. 그건 천상 자연의 일부가 된 황홀이었다.

마지막 셋째 날, 한 신부님은 두 번째 면담을 통해서 내게 수도회에 입회할 생각이 없냐고 물으셨다. 나는 신부님께 "소명을 식별하고 싶어 피정에 참여했는데 아직 모르겠습니다."라고 했다. 그러자 신부님은 "무엇을 해도 잘 살겠습니다. 신앙이 있기 때문입니다."라고 했다.

그때의 신부님과의 대화를 기억하고, 또 훗날의 성찰을 통해서 내가 생각하게 된 나의 소명은 '언제 어디서나 그리스도인으로 사는 것'이었다. 높은 자리든, 낮은 자리든, 몸집이 크든, 작든, 가지는 나무에 붙어 있어야 제 몫을 다 한다는 성찰이 나를 떠나지 않았기 때문이다.

피정의 마지막 일정은 미사였다. 미사는 작은 경당에서 이루어졌다. 우리는 조촐히 둘러앉아 고요한 미사를 드렸다. 주례 사제였던 신 신부님은 수수한 목소리로 미사를 집전했다. 소박하지만 정성을 다하는 신부님의 주례를 통해 우리는 미사의 경건함을 느낄 수 있었다.

곧 '신자들의 기도' 시간이 되어 각자 자유롭게 기도했다. 먼저 기도한 사람은 신 신부님이었다. 신부님은 경비 아저씨와 식당 아주머니를 위해서 기도하셨다. 이어서 다른 신자들이 기도했고, 그동안 나는 속으로 청소년을 위해서 기도하고 싶다고 생각했다. 하지만 소리 내어 기도하는 것이 민망해 입을 다물었다. 잠시 후, 누구도 기도하지 않는 적막이 흘렀을 때, 다시 입을 뗀 사람은 신 신부님이었다. 그런데 나는 신부님이 입을 뗀 순간, 눈이 활짝 열렸다. 신부님이 "청소년을 위해서 기도합니다."라고 입을 뗐기 때문이다. 마치 내 안에 사는 나처럼 기도하는 신부님을 보며, 나는 마음이 뜨겁게 타오르는 것을 느꼈다. 거룩한 사람으로 느껴지는 신부님과 내가 그 순간만큼은 하나로 일치하는 것을 느꼈기 때문이다. 더구나 마음이 어려운 청소년을 위해서 기도하시는 그 내용이 공감되어 왈칵 눈물이 솟구쳤다.

미사는 이어져 성찬의 전례가 되었다. 신부님과 우리는 축성된 성체와 성혈을 함께 먹고 마셨다.

그리고 강복을 받고 미사를 마무리했다. 이제는 경당 한편에 놓아둔 짐을 챙겨 집으로 가면 되었다. 사람들은 하나둘 이곳을 빠져나갔다. 그러나 마음이 여전히 이곳에 머물렀던 나는, 뭉그적 옷을 입고 가방을 메었다. 그러면서 살짝 눈을 들어 문 앞에 서 있는 신 신부님을 보았다. 신부님은 움직이는 사람들 속에서 가만히 멈춰 선 채로 나를 보고 있었다. 온화한 얼굴로 나를 보고 있는 신부님을 향해 내 발걸음은 자연히 이끌렸다. 곧 신부님 앞에 다가섰을 때, 신부님은 미소를 지으며 내게 악수를 청했다. 나도 신부님처럼 미소를 지으며 손을 잡았다. 그 순간, 나는 내 안에 사랑이 가득 채워지는 것을 느꼈다.

집으로 돌아가는 길, '어떻게 악수만으로 사랑이 채워졌을까?' 하는 의문이 들었다. 그리고 든 생각은 이것이었다.

'사랑은 예수님과의 일치로 전하는 것이다.'

집으로 돌아온 나는, 엄마와 피정에 대한 소감을 나누며 마치 엠마오로 가던 두 제자처럼 '그 사람 예수님이었다.' 하고 있었다.

돌이켜 보면 그런 사람이 늘 곁에 있었다. 예수님과 일치하는 삶으로 부활하신 예수님을 증명하는, '그런 사람'.

# 기쁜 소식

두 달 후, 청년 성서모임 마르코 연수에 참여했다. 연수는 삼박 사일 동안 진행되었다. 연수가 익숙했던 나는, 달리 보이는 것도 들리는 것도 없어 그저 괜찮은 여자가 없는지 살폈다.

그랬던 내가 프로그램에 젖어 들기 시작한 것은 둘째 날 저녁 '십자가의 길'이었다. 목소리 연기를 하며 입체적으로 십자가의 길을 묵상할 수 있도록 진행된 프로그램은 작은 경당에서 이루어졌다.

불 꺼진 경당 한가운데는 큰 십자가가 놓여 있었고, 여기저기에는 촛불이 켜져 있었다. 연수생은 둥근 형태로 놓인 방석 중에 아무 곳에나 앉으면 되었다. 나는 자연스레 마음이 편한 구석 자리로 걸어가 앉았다. 자리에 앉아보니 곳곳에는 휴지가 한 통씩 놓여 있었다. 그걸 보며 나는 '아, 울게 하는구나.'하며 대수롭지 않게 여겼다. 울어낼 거 다 울어냈다고 생각했던 나는, 십자가의 길을 남의 일처럼 느껴 휴지를 슬쩍 옆으로 밀어냈다. 나보다 다른 사람에게 더 필요할 것으로 생각했기 때문이다.

곧 프로그램이 시작되었다. 십자가의 길은 예수님의 수난과 죽음을 묵상하는 열네 개의 사건으로 구성되어 있었다. 그것을 십사처라고 했다. 봉사자들은 각처마다 우리가 집중할 수 있도록 해설과 목소리 연기를 해주었다. 우리가 해야 할 일은 자신이 원하는 때에 앞으로 걸어가 십자가에 못을 박는 것이었다.

"제1처, 예수님께서 사형 선고받으심을 묵상합시다."라고 해설자가 말을 뗀 순간, 나는 곧장 앞으로 걸어가 별 감정 없는 표정으로 뚝딱뚝딱 못질하고, 자리로 돌아와 앉았다. 얼른 해야 할 일을 해치우고 자리에 앉아 구경이나 할 생각이었기 때문이다. 아무런 죄의식이 없었던 나는, 나무에 못이 콕콕 박히는 손맛이 좋아 옅은 미소를 지을 만큼, 이 일을 남의 일처럼 여겼다.

그랬던 내가 그야말로 멈출 수 없는 눈물을 하염없이 쏟아낸 것은, 머지않은 시간이 흐른 때였다.

"제4처, 예수님께서 성모님을 만나심을 묵상합시다."

"산이 제일 가파른 곳에서 어머니 마리아와 사도 요한이 예수를 기다리고 있었다. 예수는 어머니를 발견하자 십자가 밑에서 몸을 돌리며 상처 입은 입술로 입을 열었다."

"어머니…"

"마리아는 비수에 찔린 가슴에 손을 갖다 대고는 비틀거렸다. 그러나 곧 다시 정신을 차리고 박해받는 아들을 향하여 팔을 벌리며 다가갔다."

"아들아!"

"어머니는 십자가 때문에 아들을 껴안을 수 없었다. 그저 아들을 쳐다볼 수밖에 없었다. 병사들은 어머니와 아들을 갈라놓고 다시 움직이기 시작했다."

내가 이 구절에서 감정을 주체하지 못하고 오열했던 이유는 내가 그토록 두려워했던, 엄마 앞에서 두들겨 맞는 모습을 보이는 그 일을, 예수님은 당하셨기 때문이었다. 그제야 나는 예수님의 아픔이 나의 아픔으로 느껴져 통곡했다. 그리고 이제는 예수님의 아픔을 내가 대신하고 싶다고 생각했다.

그런 대속의 은총은 예수님이 아파하는 이웃의 아픔을 내가 함께하는 것이라고 생각했다. 그날 밤, 나는 다른 곳을 바라보던 눈을 돌려 예수님의 눈을 바라보았다.

그리고 다음 날, 신부님은 여정에 관한 내용을 강의하시며, 우리의 삶이 '다녀오는 것'이라 했다. 그것은 마치 어릴 적 누나를 잃어버리고 집으로 돌아온 일과 같은 것이었다. 그때 나는 '왜 다녀와야 하는 걸까?' 하는 의문이 들었다. 그리고 든 생각은 이것이었다.

'태초에 하느님은 가장 좋은 세상을 우리에게 선물하셨다. 그건 할 수 없음이 있기에, 할 수 있음에 감사와 만족이 이루어진 상태였다. 그러나 인간은 내 것이 아닌 전능을 소유하려 했고, 그 결과는 주어진 소유에 감사와 만족을 느끼지 못하는 것이었다. 그런 우리에게 필요한 것은 상실과 복귀였다. 아무것도 내 것이 아님을 깨닫는 죽음의 자리를 다녀와야, 감사와 만족이 회복되기 때문이다.'

그러니까 나의 성찰은 '내 안에 하느님 나라가 이루어지기 위해서 다녀와야 한다.'라는 것이었다. 그런 하느님 나라는, 내 안에 감사와 만족이 이루어진 상태이며, 지금 이곳에서 기쁨과 행복이 이루어지는 평화였다.

그 평화가 다시금 내 안에 회복되기 위해, 예수님은 온몸으로 나를 감싸며, 내가 가야 할 죽음의 길을 나와 함께 다녀오셨다.

내가 있어야 할 평화로운 그 자리에 나를 다시금 있게 하려는, 나의 영원한 '구원'을 위해서.

그리고 신부님은 '빈 무덤'에 관한 이야기를 하셨다. 부활하신 예수님은 더 이상 죽음의 자리에 계시지 않는다는 내용이었다. 그 말은 내 마음을 기뻐 뛰게 했다. 다시 사랑의 상실을 느끼면 어쩌나 하는 고민을 단번에 사라지게 하는 말이었기 때문이다. 내가 한 고민은 빈 무덤 앞에 굴려진 돌덩이처럼 이미 치워져 있었다. 부활하신 예수님이 더 이상 죽음의 자리에 계시지 않는다는 것은, 예수님과 함께 부활한 나도 다시 죽지 않는다는 말이었다. 그런 사실이 체감되어 형언할 수 없는 기쁨을 만끽하고 있던 그때, 문득 재민이가 전해준 말이 떠올랐다.

'기쁜 날이 올 거예요.'

그날 저녁, 우리는 세례 서약을 갱신했다. 그것은 그리스도의 자녀로 새롭게 태어나는 부활을 의미하는 것이었다. 어두운 공간을 빛으로 밝히며, 악의 유혹을 끊어버리겠다고 다짐했던 그때, 나는 예수님의 부활이 나의 부활로 느껴져 기쁨의 춤을 추었다.

마지막 넷째 날, 신부님은 사도에 관한 내용을 강의하셨다. 신부님은 사도가 '예수님을 만나 변화되어 복음을 선포하는 사람'이라 했다. 나는 신부님의 강의를 들으며 '사도는 하느님을 모르고 살아가는 우리들을 위해서 예수님이 오신 것처럼, 예수님을 모르고 살아가는 사람들에게 예수님이 되어주는 사람'이라고 생각했다. 그리고 나도, 그렇게 파견된 삶을 살고 싶다고 소망했다.

마르코복음 마지막 장에는 부활하신 예수님이 제자들에게 사명을 부여하신 내용이 있다. 그 구절에서 예수님은 믿는 이들에게는 이러한 표징들이 따를 것이라고 말씀하셨다. 그중에서 나는 이 구절이 눈에 들어왔다.

'손으로 뱀을 집어 들고 독을 마셔도 아무런 해도 입지 않으며…'

더 이상 사랑이 결핍된 죽음의 해를 입지 않는다는 그 내용이, 또 한 번 가슴에 와닿아 마음이 기뻐 뛰었다.

연수의 마지막 일정은 파견미사였다. 미사를 하는 동안 나는, 하느님께서 우리를 좋은 곳으로 이끄신다는 확신이 들어 기쁨에 찬 눈물을 흘렸다.

*

다음 날 오후, 길을 걷다 우연히 민지를 만났다. 우리는 손을 들어 반갑게 인사했다. 민지는 내게 "연수 잘 다녀왔어?"라고 물었다. 그때 나는 이미 민지를 만난 순간부터 솟구쳐 오르는 기쁨을 주체하지 못하고 이렇게 말했다.

"민지야, 나 이제 안 죽는다!"

민지는 멋쩍은 미소를 보이며 멀뚱한 표정을 지었다.

"지금은 다 얘기할 수가 없어서 내가 다음에 다시 얘기해 줄게."

그렇게 우리는 짧은 인사를 나누고 가던 길을 걸었다. 그 순간 내가 민지에게 불쑥 죽지 않는다는 말을 꺼낸 것은, 우리의 여정이 평화를 향하고 있다는 믿음이 있었기에, 그 기쁨이 나만의 것이 아니라 우리의 것이라고 믿었기에 전한 말이었다.

그날 밤, 민지는 내게 이런 메시지를 보냈다.

"오빠, 죽지 않는다는 그 말이 무슨 말인지 알려줄 수 있어?"

그때 내가 민지에게 전하려고 했던 그 말은, 민지뿐만이 아니라 상처 입은 자아의 회복이 필요한 모든 사람에게 전하고 싶은 말이었다.

그 말을 전하기 위해서 나는 이 책을 집필했고, 이제는 마지막 한 문장으로 그 기쁜 소식을 정리한다.

"예수 그리스도께서 나와 함께 살고 죽고 다시 사셨다."